グイン・サーガ・
GUIN SAGA
ハンドブック

3

栗本 薫◆監修
早川書房編集部編

GUIN

グイン・サーガ
全カバー一覧

正篇100巻外伝19巻、全120冊、
26年間の蓄積を一覧してみよう。

歴代イラストレーター

加藤直之
KATO Naoyuki
1979年9月～1984年12月
正篇1巻～19巻
外伝1巻～5巻

天野喜孝
AMANO Yoshitaka
1985年1月～1997年5月
正篇20巻～56巻
外伝6巻～9巻

末弥 純
SUEMI Jun
1997年7月～2002年12月
正篇57巻～87巻
外伝10巻～16巻

丹野 忍
TAN-NO Shinobu
2002年10月～
正篇88巻～
外伝17巻～

SAGA

'79

第1巻
『豹頭の仮面』

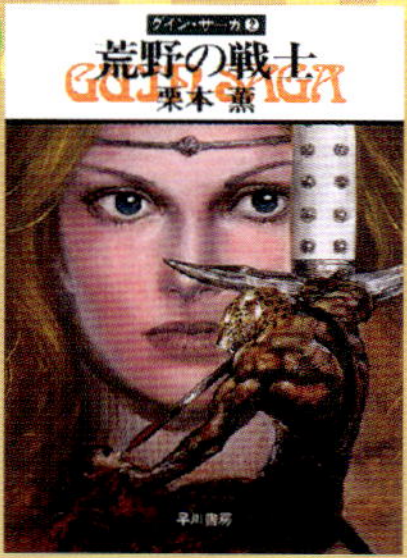

第2巻
『荒野の戦士』

'80

第3巻
『ノスフェラスの戦い』

第4巻
『ラゴンの虜囚』

第5巻
『辺境の王者』

'81

外伝第1巻
『七人の魔道師』

第6巻
『アルゴスの黒太子』

第7巻
『望郷の聖双生児』

第8巻
『クリスタルの陰謀』

第10巻
『死の婚礼』

'82

外伝第2巻
『イリスの石』

第9巻
『紅蓮の島』

'83

外伝第3巻
『幽霊船』

第12巻
『紅の密使』

第11巻
『草原の風雲児』

第15巻
『トーラスの戦い』

第14巻
『復讐の女神』

第13巻
『クリスタルの反乱』

'84

第17巻
『三人の放浪者』

外伝第4巻
『氷雪の女王』

第16巻
『パロへの帰還』

外伝第5巻
『時の封土』

第19巻
『ノスフェラスの嵐』

第18巻
『サイロンの悪霊』

第22巻
『運命の一日』

第21巻
『黒曜宮の陰謀』

'85

第20巻
『サリアの娘』

第24巻
『赤い街道の盗賊』

’86

外伝第6巻
『ヴァラキアの少年』

第23巻
『風のゆくえ』

’87

第26巻
『白虹』

外伝第7巻
『十六歳の肖像』

第25巻
『パロのワルツ』

第29巻
『闇の司祭』

’88

第28巻
『アルセイスの秘密』

第27巻
『光の公女』

外伝第8巻
『星の船、風の翼』

第31巻
『ヤーンの日』

第30巻
『サイロンの豹頭将軍』

第34巻
『愛の嵐』

第33巻
『モンゴールの復活』

第32巻
『ヤヌスの戦い』

第36巻
『剣の誓い』

第35巻
『神の手』

外伝第9巻
『マグノリアの海賊』

第39巻
『黒い炎』

第38巻
『虹の道』

'92

第37巻
『クリスタルの婚礼』

'93

第42巻
『カレーヌの邂逅』

第41巻
『獅子の星座』

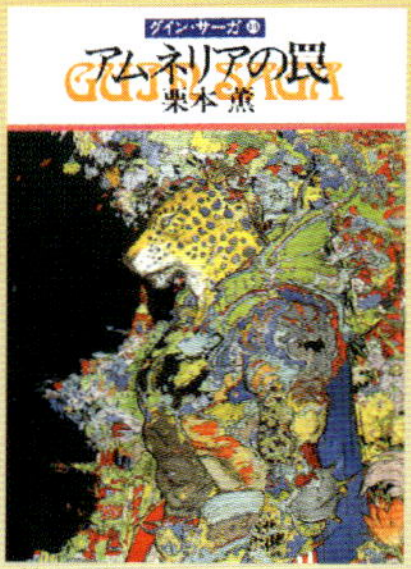

第40巻
『アムネリアの罠』

第45巻
『ユラニアの少年』

第44巻
『炎のアルセイス』

'94

第43巻
『エルザイムの戦い』

'95

第48巻
『美しき虜囚』

第47巻
『アムネリスの婚約』

第46巻
『闇の中の怨霊』

'96

第51巻
『ドールの時代』

第50巻
『闇の微笑』

第49巻
『緋の陥穽』

第54巻
『紅玉宮の惨劇』

第53巻
『ガルムの標的』

第52巻
『異形の明日』

外伝第10巻
『幽霊島の戦士』

第56巻
『野望の序曲』

第55巻
『ゴーラの一番長い日』

第58巻
『運命のマルガ』

外伝第11巻
『フェラーラの魔女』

第57巻
『ヤーンの星の下に』

外伝第13巻
『鬼面の塔』

第59巻
『覇王の道』

外伝第12巻
『魔王の国の戦士』

第61巻
『赤い激流』

外伝第14巻
『夢魔の四つの扉』

第60巻
『ガルムの報酬』

'99

第63巻
『時の潮』

第62巻
『ユラニア最後の日』

外伝第15巻
『ホータン最後の戦い』

第66巻
『黒太子の秘密』

第65巻
『鷹とイリス』

第64巻
『ゴーラの僭王』

第68巻
『豹頭将軍の帰還』

外伝第16巻
『蜃気楼の少女』

第67巻
『風の挽歌』

'00

第71巻
『嵐のルノリア』

第70巻
『豹頭王の誕生』

第69巻
『修羅』

第74巻
『試練のルノリア』

第73巻
『地上最大の魔道師』

第72巻
『パロの苦悶』

'01

第77巻
『疑惑の月蝕』

第76巻
『魔の聖域』

第75巻
『大導師アグリッパ』

第80巻
『ヤーンの翼』

第79巻
『ルアーの角笛』

第78巻
『ルノリアの奇跡』

'02

第83巻
『嵐の獅子たち』

第82巻
『アウラの選択』

第81巻
『魔界の刻印』

第86巻
『運命の糸車』

第85巻
『蜃気楼の彼方』

第84巻
『劫火』

第87巻
『ヤーンの時の時』

外伝第17巻
『宝島〔下〕』

外伝第17巻
『宝島〔上〕』

第90巻
『恐怖の霧』

第89巻
『夢魔の王子』

’03

第88巻
『星の葬送』

外伝第18巻
アルド・ナリス王子の事件簿1
『消えた女官 ―マルガ離宮殺人事件―』

第92巻
『復活の朝』

第91巻
『魔宮の攻防』

'04

外伝第19巻
『初恋』

第94巻
『永遠への飛翔』

第93巻
『熱砂の放浪者』

第97巻
『ノスフェラスへの道』

第96巻
『豹頭王の行方』

第95巻
『ドールの子』

第100巻
『豹頭王の試練』

第99巻
『ルードの恩讐』

第98巻
『蜃気楼の旅人』

『グイン・サーガ・
ハンドブック2』

『グイン・サーガ・
ハンドブック1』

関連本

『グイン・サーガ・オフィシャル
ナビゲーションブック』

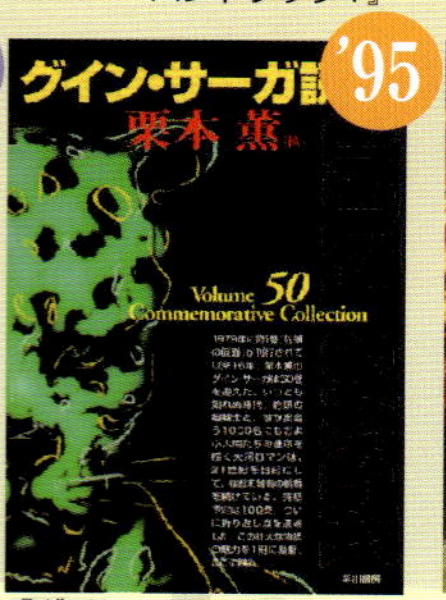

『グイン・サーガ・読本』

『グイン・サーガ・
ハンドブック3』

ハヤカワ文庫JA
〈JA790〉

グイン・サーガ・ハンドブック3

栗本　薫 監修
早川書房編集部編

早川書房
5605

GUIN SAGA HANDBOOK 3
edited by
Hayakawa Publishing, Corp.
under the supervision
of
Kaoru Kurimoto

カバー／丹野　忍

カバーデザイン／ハヤカワ・デザイン

C O N T E N T S

CONTENTS

CONTENTS

CONTENTS

栗本薫と百問答

グイン・サーガ100巻を達成した栗本氏へ、
グインはもちろん、ご自身の最新事情にまで
およぶ百の質問をぶつけてみました。

著者近影

Q1　《グイン・サーガ》百巻が達成されました。現在のご心境をお聞かせください。

A1　まだまだ！（笑）折り返し点だ！（笑）

Q2　ここまで書き続けてこられた原動力はなんでしょう？

A2　納豆定食と妄想の力でしょう。

Q3　出版不況と言われる昨今にありながら、十数万人の読者を惹きつけている秘密はなんなのでしょう？

A3　魅力あるキャラクターのおかげでしょう。

Q4　世界最長の小説という評価がありますが、どう思われますか？

A4　当然そうではないのでしょうか？

Q5　ギネスブックが承認しないという現状をどう思われますか？

A5　あれは英語圏のものだからねえ。

Q6　百巻というのは、スタート時から宣言されたことですが、正直達成できるとお考えでしたか？

A6　もちろん。云ったことはやります。

Q7　達成に二十六年かかりましたが、これは計算どおりですか？

A7　一年多い(^^;)

Q8　逆に言うと、百巻完結という宣言は果たされなかったことになりますが。

A8　すみませんm(_ _)m平謝り。

Q9　百巻達成に当たって新たに宣言されることはありますか？

A9　うかうか二百巻達成とは云わないことにする（爆）

Q10　《グイン・サーガ》を書くことになったきっかけはなんですか？

A10　高千穂遙さんとR・E・ハワードと今岡清です。

Q11　《グイン・サーガ》を書くうえで、もっとも気をつけていることはなんですか？

A11　パソコンのクラッシュ。だからデータのバックアップ。

Q12　《グイン・サーガ》を書いてきて、よかったと思えることはなんですか？

A12　《グイン・サーガ》を書くことが出来たこと。

Q13　《グイン・サーガ》を書いていて、予定していなかったのに起こった、もっとも予想外の出来事はなんですか？

A13　百一巻のアレ（爆）

Q14　《グイン・サーガ》を書いていて、いちばん苦労したところは？

A14 一年一冊しか出なかったころだろうなあ。

Q15 《グイン・サーガ》を書いていて、いちばんうれしかったところは?

A15 いつも嬉しいです。

Q16 《グイン・サーガ》を一冊書き上げるのにかかる時間はどれくらいですか?

A16 平均七日〜十日。

Q17 最短記録を教えてください。

A17 まる五日。

Q18 執筆する時間帯は決まっていますか?

A18 午後二時〜午後五時半のあいだ。七時までの時間延長可。

Q19 執筆ツールはなんですか? さしつかえなければ銘柄も教えてください。

A19 THINKPADi1800に一太郎LITEとATOK13、OSはME。

Q20　ワープロは、ローマ字入力ですか、かな入力ですか？

A20　ローマ字です。

Q21　執筆中の精神状態はどんなふうになっているのでしょう。

A21　完全な空。

Q22　執筆中は音楽をかけたりしていますか？

A22　一切かけません。

Q23　《グイン・サーガ》でBGMを指定するとしたら、たとば百巻のラストシーンはどのような曲になるでしょう。

A23　云っていいの？(^^;)

Q24　現在の舞台は中原がメインですが、草原や湿原地帯方面の話を外伝などで書く予定はありますか？

A24　書きたいです。

Q25 現在メインでない登場人物を主役に外伝を書く予定はありますか？
A25 書きたいです。
Q26 次に書いてみたい外伝は？
A26 ナリスの事件簿の続き。
Q27 では「ナリスの事件簿」の今後の展開は？
A27 いっぱい書きたい。
Q28 今後、主要なキャラクターが新たに登場したりするのでしょうか？
A28 たぶんします。
Q29 最終巻は何巻くらいになりそうですか？
A29 もう宣言しない、怒られるから（爆）二百で終わらなかったらどうしよう……
Q30 何年くらいかかりそうですか？
A30 生きているあいだに終わってほしい。

Q31　最終巻のタイトルはやはり『豹頭王の花嫁』なのですか？
A31　はい。そうです。
Q32　豹頭王の花嫁とは誰のことですか？　あ、やっぱり言わないでください。
A32　云っちゃおかな～～～(^0^)
Q33　キャラクターの名前や地名はどうやって考えますか？
A33　神話、伝説、それに音のひびきから作るオリジナル。
Q34　キャラクターを全員憶えていますか？
A34　メインと重たいサブキャラはちゃんと覚えています。
Q35　気に入っているキャラクターは？
A35　そりゃもう……
Q36　気に入っている街（場所）は？

A36　サイロンは好きだな。あと意外とキタイが好きです。中国好きだし。

Q37　気に入っているシーンは？

A37　百一巻のあそこ。宴会も好きだし沿海州会議も好きだったな。

Q38　気に入っているタイトルは？

A38　『運命のマルガ』『風のゆくえ』『星の船、風の翼』

Q39　気に入っているカバーは？

A39　『紅蓮の島』『サイロンの豹頭将軍』『運命のマルガ』『ドールの子』

Q40　フロリーはどうなってしまったのでしょうか？

A40　ちゃんと生きてます。いずれ出てきます。

Q41　アストリアスはどうなってしまったのでしょうか？

A41　…………逃亡。

Q42 《グイン・サーガ》の巻末に載っている「天狼プロダクション」って栗本さんの事務所ですか？

A42 中島梓の事務所です。

Q43 《グイン・サーガ》の世界をテーマパークにできるとしたら、まずどこの世界を再現してみたいですか？

A43 ううむ……やっぱりノスフェラスかなあ。

Q44 アニメや映画など映像化のオファーが来たらどうしますか？

A44 どのくらい原作を愛してくれるかによります。

Q45 またその場合、注文をつけるとしたらどんな注文ですか？

A45 私の感性と違うものを私の原作の名のもとに作られるのはイヤだ。

Q46 映像化以外での展開を考えたことがありますか？

A46 マンガとか？　ありますよ。

Q47 グインのフィギュアとか出ないのですか？
A47 フィギュアってよくわかんない。あるといいものなの？
Q48 電子書籍版が刊行されることについてどうお考えですか？
A48 たくさん読んでほしい。
Q49 電子書籍という新しいメディアについてどう思われますか？
A49 ずっと興味をもっていたし、いいんじゃないでしょうか。
Q50 企画中のものもふくめて海外での出版状況を教えてください。
A50 英語版が四巻まで。フランス語版翻訳進行中。あとは天狼プロにきいて下さい。
Q51 身長、体重を教えていただけますか？
A51 誰の？
Q52 生年月日を教えていただけますか？
A52 二月十三日の金曜日。

Q53　血液型は？

A53　B型。

Q54　献血をしたことがありますか？

A54　私もともと赤血球が足りないんで出来ないんです。

Q55　最近読まれた小説でおもしろかったのは？

A55　いまさっき読んでいた『スレイヤーズ1』意外とよかった。

Q56　最近読まれたノンフィクションでおもしろかったのは？

A56　渡辺誠著『昭和天皇　日々の食』

Q57　最近観た映画でおもしろかったものは？

A57　「パイレーツ・オブ・カリビアン」。これしか見てない。時間あったら「オペラ座の怪人」見に行きたいけどな。

Q58 海外に誇れる日本の漫画作品を五作品あげて下さい。

A58 『鉄腕アトム』『火の鳥』『バイオレンス・ジャック』『ベルサイユのばら』『ダンシング・ゼネレーション』

Q59 では、あまり誇れないけど大好きな漫画作品は？

A59 立花晶の『サディスティック19』かな。べつだん誇れなくはないと思うけど。

Q60 好きなタイプの（本の）装幀はどんな感じ？

A60 三島由紀夫の単行本版『豊饒の海』の装幀。

Q61 生まれ変われるとしたら何になりたいですか？

A61 そういわれてもなあ……

Q62 タイム・マシンで行けるとしたら過去と未来、どちら？ またはその時代は？

A62 過去ですね。江戸時代、ほんとの元禄時代を体験したい。

Q63 今まででいちばんうれしかったことは？

A63　そんな、一つに絞るのは無理です。こないだ「ボレロ」弾けて嬉しかった。

Q64　今までいちばん恥ずかしかったことは？

A64　ミュージカル俳優の駒田はじめ君のディナーショーで「ローズ」の途中で四小節、脳がクラッシュしたこと。

Q65　今までいちばん怖かったことは？

A65　敦煌の莫高窟に登らされそうになったこと。

Q66　今、いちばん行ってみたいところは？

A66　今現在なら、ガラパゴス島。

Q67　今、いちばんやってみたいことは？

A67　やりたいことじゃなくてやってみたいこと？　やってみたいことはやっちゃうから。

Q68　今、いちばん手に入れたいのは？

A68 ロレックスのガールズのピンク。

Q69 今、いちばん失いたくないものは？

A69 これ以上近眼になりたくない(TOT)

Q70 今、いちばん熱中しているものは？

A70 『キャバレー』の続篇。七百七十七枚で書き上がったつもりだったのに俊一が「まだだ」って云いやがった(TOT)

Q71 一億円あったら何をしますか？

A71 未納の税金と借金を払うよ。誰かくれないかな。

Q72 好きな作家を五人あげてください。

A72 小松左京、横溝正史、江戸川乱歩、小泉武夫（作家か？）、東海林さだお（作家か？）

Q73 好きな漫画家を五人あげてください。

A73 手塚治虫先生、永井豪ちゃん、石原理、高口里純、よしながふみ。

Q74 好きな画家を五人あげてください。

A74 速水御舟、高畠華宵、ミュシャ、武部本一郎、藤城清治（画家か？）

Q75 好きな音楽家を五人あげてください。

A75 ドビュッシー、マル・ウォルドロン、ベニー・ゴルソン、リシャール・ガリヤーノ、嶋津健一。

Q76 好きな食べ物はなんですか？

A76 納豆ですね。アラレも好きだ。

Q77 カラオケの持ち歌を三曲あげてください。

A77 島谷ひとみ「赤い砂漠の伝説」、松山千春「季節の中で」、尾崎亜美「オリヴィアを聞きながら」なら八十点はとれるな。

Q78 小説、音楽、舞台、料理と多彩な才能をお持ちですが、これは自分には出来ないと思うことは?

A78 自転車には乗れません。

Q79 ご自分の著書のなかで、内容や装幀もふくめていちばん好きなのはどれですか?

A79 『運命のマルガ』

Q80 ご自分の小説のキャラクターで実際に会って話をしたい人は誰?

A80 伊集院大介シリーズの藤島樹さんちの「お菊」さん。

Q81 中島梓の舞台にぜひ起用したいご自分の小説のキャラは誰?

A81 竜崎晶、主演に使ったらうるさそうかなあ。でも客呼んでくれそう。

Q82 小説を書くのが辛くなった時期ってありましたか?

A82 目と肩こりは夜になるといつも辛いです。

Q83 今の小説業界に言いたいことはありますか?

A83　まあ、何云ってもしょうがないしね。

Q84　これから小説家を目指す人へひと言お願いします。

A84　もうからんよ〜〜。覚悟してな。

Q85　無人島にひとつだけ持って行くとしたら何を持って行きますか？

A85　マジでこういう質問考えるんだ……

Q86　好きな男性のタイプは？

A86　大きい人。

Q87　ご自分は何歳まで生きていると思いますか？

A87　占いでは「無理をするとわりと早死に」って云われました。

Q88　犬派ですか、猫派ですか？

A88　自分は猫型です。飼うならだから犬かな。自分を飼うのはねえ。

Q89 神を信じますか?

A89 すごいこと聞くなあ(^^;)

Q90 占いを信じますか?

A90 信じるというか、面白いでしょう。話の種になるし。

Q91 よく見るテレビ番組はありますか?

A91 テレビはありませんので見られません。もし見られたら危ない人だ。

Q92 ご自身のインターネット・サイトのPRをどうぞ。

A92 ほそぼそと個人営業でアットホームにやってますので見たい人だけ見て下さい。

Q93 よくご覧になるサイトを三つあげてください。

A93 りそなビジネスダイレクト(爆)とか、ごふくやさん.COMとか、「うれし屋」とか。

Q94 ケータイの着メロはなんですか?

A94　ちょっと前までゴジラ。いまはニワトリと犬の鳴き声でやかましいの(/_;)

Q95　購読している雑誌はありますか?

A95　「DANCHU」、「わたしの食卓」、たまに「栄養と料理」。

Q96　コミック・マーケットに行ったことがありますか?

A96　はるか昔に。

Q97　犯罪の低年齢化が叫ばれていますが、人の心の荒廃を正すにはどうしたらいいと思いますか?

A97　教養主義を復活させないと無理です。

Q98　自分の人生を変えた、という作品があればメディア、ジャンルを問わずひとつあげてください。

A98　栗本薫著『朝日のあたる家』ですね。『真夜中の天使』のほうが大きかったかな。

Q99　ファンのかたがたへメッセージをお願いします。
A99　ずっと一緒にきてくれれば嬉しい。
Q100　そして最後に、栗本薫にとって《グイン・サーガ》とは？
A100　完結したらどうしよう(^^;)完結しなかったらどうしよう。まあ、人生でしょうね。

ありがとうございました。

祝100巻！

空前絶後の第100巻達成を祝って、各界の皆様よりご祝辞をいただきました。

おめでとうございます

天野喜孝（アーティスト）

百巻刊行、おめでとうございます。

現実になっちゃいましたね。

二十巻～五十六巻までご一緒させていただきました。

イラストレーターになって、グイン・サーガとともに歩んできた気がします。

グイン・サーガという世界は文章で完成しているので、絵描きにとっても刺激的な仕事だと思います。

おめでとうございます

新井素子（作家）

『グイン・サーガ』百巻達成、おめでとうございます。一人の作家が一つのお話を百巻も書き続けるだなんて、栗本さんは化け物だと、しみじみ、つくづく、思っております。

そして。これからの期待は……たった一つ。

終ってくれー！　二百巻にゆくのはやめて。

二十六年で百巻。信じられないハイペースです。でも、最終巻が二百なら、このペースでも、完結まであと二十六年かかる。それだと、私の寿命とぼけ状態が……。

そりゃ、栗本さんは多分、グインが終るまで、寿命も来なきゃぼけもしないんでしょう（化け物だから）。けど、二十六年つきあった読者は、年とってるぞ。ここまでつきあったんだ、最後まで見届けたいじゃないか。

二十六年前の読者の平均余命前に、ぜひ、終わらせてください。ラストシーンが見たいです。何なら、そのあとで、外伝三百巻とか、やってくださって結構ですから。

なにとぞよろしくお願い致します。

北の国から愛を込めて

いがらしゆみこ（漫画家）

２００５年ひく１９７９年は？　と思わず引き算をしたくなってしまう長き年月！　そして１００巻という冊数！「栗本氏おめでとう‼」という、ありきたりの祝辞しか思いつかない私ですが、本当に本当にすごいっ。天才という言葉は耳にすることはあっても、その人物に出逢うという機会はめったにあるものではない。まして行動を共にし、仕事を共にし、私的な会話もいっぱいしている私は幸せ者だと思う。

私は、栗本氏と出逢ってグイン・サーガの世界を知ったのだが、最近は後書きファンになっている。もちろん小説の方も全部読むつもりだが、とりあえず１０００巻になろうと１０００巻になろうと、後書きだけはリアルタイムで読むので、笑って許して欲しい。後書きは、栗本氏の最新情報の宝庫！　栗本氏と二人でダべっている気分になれてとても好きだ。

最近は会う機会がなかなか無いけれど、北海道からいつも応援してるからね(*^▽^*)

栗本薫よ永遠なれ！

本当にすごいなあ

鏡　明（作家）

すごいなあ。たった一人で。百巻。しかも一つの物語で。前人未踏とか、空前絶後とか、こういうときの言葉は、幾つもあるのだろうけども、今の私の感じとは、ちょっとちがう。おめでとうございますというのもなあ、何だか、他人事みたいでちがう。すごいなあ。本当に、すごいなあ。こんな言葉が、近い。一九六〇年代に、この国に、ヒロイック・ファンタシィというものを紹介した人間の一人としては、こんなすごいことの、きっかけの一つになったことを、とてもうれしいと思う。だから、すごいなぁ、と共に、ありがとうと、言ってみたい。

たった一人、と言ったけれども、そこには読者と出版社という存在も、ある。その人たちも、すごいと思うし、素敵だと思う。

そういうことを、みんな含めて、本当にすごいなあ、素敵だよなあ。ありがとう。

グイン・サーガ一〇〇巻によせて

柏崎玲央奈（SFレビュアー）

一〇〇巻達成おめでとうございます。この偉業達成の瞬間に読者として立ち会えたことをうれしく思います。

中学生の頃から読み始め、私も一児の母となりました。いけ好かないと思っていた登場人物に頑張れよと親のような気持ちを抱くようになり、憧れのキャラクターがいつのまにか可愛く見えるようになり、そしてその死を看取ることとなったり……。グイン・サーガという強い物語を軸として、登場人物も読者も（きっと作者も）変遷してゆく……二度と経験することのできない、不思議なライブに私たちは参加してきました。いま、この物語をリアルタイムに読むことのできる喜びをかみしめています。

完結の日まで、先生のご健康をお祈りするとともに、一緒にこれまで歩んできた多くの読者のみなさまのご健康を（もちろん自分も無事にその日を迎えることを）お祈りしたいと思います。

挿し絵画家最後の砦？

加藤直之（SFイラストレーター）

グインの新刊が書店に並ぶと、すかさずチェーック。まずはじっくりカバーを見ます。いい絵だと、ちょっと悔しいです。つぎに口絵。皆さん口絵はパソコンで描いているようですね。カバーで力を使い果たしたときは特に楽なんだろうな、と自分が担当していたときの苦労と重ね合わせたりします。

そして挿し絵。舞台はなんとなくわかります。ストーリーは帯の謳い文句で確認。グイン以外は皆、死んでしまったのでしょうか？　三国志も三銃士も、ボライソーも長い物語は登場人物がどんどん死んでいってしまうのが悲しいです。とまあ、そんなわけでグインとのつながりは、イラストとハンドブックだけになってしまいました。

いまハヤカワ文庫で、口絵と挿し絵が残っているのはグインだけなのかな。ローダンも挿し絵は二枚だけになってしまったし。ハヤカワと創元の挿し絵入り文庫で育ったぼくにとって、グインは挿し絵画家の最後の砦かも。

『グイン・サーガ』よ、永遠に！

川又千秋（作家）

　正直言って、小生は全巻を読破していない。途中から、つまみ食い的になってしまった。申し訳ない。が、小生の知人に、第一巻からの熱烈な愛読者がおり、彼は当然のごとく一冊も余さず読み切って、内容全般にも通暁している。その彼が、かなり早い段階から「グインは、とても一〇〇巻じゃ終わらない。てゆーか、そもそも終わらせる気がないんじゃないの」と予言していた。

「物語は長ければ長いほどいい。ただし、面白ければ」という格言を、著者・栗本薫氏が引用している文章を目にしたことがある。果たしてと言うべきか。やはり『グイン・サーガ』は永遠に書き継がれるしかない。知人にも成り代わり、声を大にして応援を！

きっと、ノスフェラスで…

木原敏江（マンガ家）

グイン・サーガ100巻到達おめでとうございます。私見ですが大成功の最大の原因は、なんといってもグインを主役に据えたことだと思います。

受身の主役が多い栗本作品の中で唯一!!　天が落ちても地が裂けてもゆるぎなく自分の足でどーんと立っている大黒柱。

不安要素のエントロピー値ゼロの豹頭王。

中心に彼がいるからこそ、この膨大な物語に綺羅星の如く輝き居並ぶ人々や魔物までが彼の周辺で安心して己《おの》れをさらけ出し、人生を演じ消えていけるのでしょう。ああ、ついに…ついにきたのね（くるのか？）最終巻…という、読者も覚悟のいる日がいつなのか予測もできませんが、彼さえいれば200巻だって可能かも。だって、栗本薫さんはたしかに小説を書くために生まれたのだし、常のスーパーウーマンぶりから見ても、ただの人間じゃありません。無尽蔵の宇宙パワーをどこかで浴びてきているはずです。それはね、たぶん、…きっと、ノスフェラスで。

神です。

久美沙織（作家）

中島さん、おめでとうございます！

栗本先生に申し上げるべきご祝辞なのに、中島さんと言わせていただいてしまってすみません。だって「栗本先生というかたはあまりに輝かしくオソレオオく、わたし程度のもんが直接逢えたり話しかけたりしていいわけない！」んですもの。

だいぶ前に、ご一家を拙宅にお迎えしたことがあります。動物好きなダイスケくんが「へんないきもの」いろいろをご覧になりにいらしたのでした。てのひらに載せて眺めていたコオロギが糞をした時、「汚い！」と悲鳴をあげたダイスケくんに、先生は「すごいね、かわいいね。いのちだね」うっとりとおっしゃいました。グイン世界の数多のキャラひとりひとりが、栗本先生のてのひらの上のいのちです。おもしろいこともすれば汚いこともする。ぜんぶ見守り、受け止め、慈しみ「みんなすごいね、かわいいね、ウフフ」と微笑まれて、とうとう１００冊ですか！

中島さんと栗本先生とダイスケくんのママは三位一体であるのだと知りながら、やっぱり栗本先生ってゼッタイ神のおひとりだと思う、ハシタメのくみです。

グイン・サーガ100巻達成記念の祝辞

小谷真理（評論家）

偉業達成、ほんとうにおめでとうございます。

一九七九年からというと、四半世紀。で、百巻達成。ということは一年四冊の計算。春夏秋冬と考えると、あれから百回季節が変わったということですね。振り返ってみると、これはやっぱりただごとではありません。いつも数冊たまってからのまとめ読みが多かったのですが（すいません）、それでも、いろいろな思い出がエピソードとともに浮かんできます。ここまでくると、すでに、もうひとつの現実になっています。

あれは七五巻くらいをすぎころだったか、ひょっとして、これは百巻ですら終わらないかもと、予測していました。グイン・サーガは、神話的ヒーローが最初からひとりと決まっている（つまり中心がはっきりしている）。主要人物は十人以下でお話がわかりやすい（つまりいくつかの話のポイントがある）。国の戦争と政治のかけひきが怒濤のように畳みかける構造になっていて、いつだったか、これって、王政と貴族制と共和制が共存していたローマ帝国と同じ構造なんだよな～と思いあたったからなのです。この強靱な帝国は、繁栄しますすよ。

The shining world

小林智美（イラストレーター）

…イシュトです。
栗本先生
「グイン・サーガ」100巻達成 おめでとうございます!!
Tomomi Kobayashi

グイン・サーガ100巻達成記念祝辞

堺三保（評論家）

栗本先生、〈グイン・サーガ〉、100巻達成、おめでとうございます。

なんだか、『豹頭の仮面』を読んだのが、ついこのあいだ……というのは、錯覚というのもおこがましいわけで、当時まだ高校生だったわたしも、今では四十過ぎのおっさんになってしまいました。

何巻目になるのか、もはや見当もつきませんが、〈グイン・サーガ〉の物語が『豹頭王の花嫁』にたどり着く日を待ちながら、これからも楽しませていただきたいと思います。

どうか、いつまでもご健勝で健筆をふるい続けてくださいませ。

百巻達成、おめでとうございます。

末弥純（イラストレーター）

今月の新刊として、店頭で「豹頭の仮面」を手にしたとき、わたしは武蔵野の片田舎で美大生をしていました。月日は流れに流れ、自分がその作品の挿画を描くようになったり、さらに丹野さんにバトンタッチしたりしましたが、今も、豹頭の好漢は初めて会った時と変わらぬ印象で、堂々と世界に存在しているのは、歳経た読者として嬉しい限りです。

百巻達成、おめでとうございます。百巻は到達点ではなく、通過点にしかすぎないとは予想だにしなかった――などと、わたしが挿画を担当していた時から全然思っていませんでした（笑）。

いったい、何巻で最終巻となるのか、一読者には想像もできないですが。これからもグイン世界の住人達の益々の活躍を楽しみにしています。

その偉業の一端で、挿画として参加させていただいたことは、充実した楽しい思い出であり、とても感謝しています。

リンダだけは……

図子慧（作家）

栗本先生、『グイン・サーガ』１００巻刊行おめでとうございます！

９７巻の後書きによれば、ノスフェラスを目指してはじまった物語は、９６巻で収束し、ふたたび新しい物語がノスフェラスからはじまったとのこと。数々の謎が怒濤のごとく明かされ、だがしかし、どこに伏線があったかほのかに記憶にあるものの思いだす猶予もおかず、わたくしの指は登場人物たちの運命を追いかけるのでした。

というより、リンダが気になってしかたがないのです。最後まで彼女は殺さないでください……、お願いします、先生。

グイン・サーガ百巻達成祝辞

高千穂遙（作家）

おお、ついに百巻に至ったか。

それが感想のすべてである。なんといっても、ひとりで百巻だもんね。尋常じゃないよ。すごいとしか言いようがない。しかも、ただ書きつづけたということではないのだ。多くの読者の熱い支持を受け、つぎはまだかと待望されながら、ずうっと刊行されてきた。そして、百巻を達成。さらにはまだまだつづくという。感無量の一語に尽きる快挙だ。

前にも書いたことがあるかもしれないが、日本ではなかなかヒロイック・ファンタジーが受け入れられなかった。その状況を撃ち破った先駆者的作品がグイン・サーガだ。その存在は、じつに頼もしい。この四半世紀の間には、著者である栗本さんの人生にもさまざまなことがあった。大きな試練となる事態にも直面したはずだ。それらをみごとに乗り越えられ、この物語はここまできた。心から、賞賛する。

継続だけではない力に元気をもらっています。

高見澤秀（有マイストリート代表取締役社長）

「四半世紀！」「１００巻‼」、まさに継続は力。しかも、ただの継続だけではなく『グイン』の新刊は常にベストセラーになるパワーをもち続けています。版元さんにしてみれば、栗本さんは生き神様も同然（笑）。

気がつけば、麻雀ではじまった栗本さんとのおつきあいも約30年。仕事の上でも短歌集やミュージカルプログラムの編集に加え、昨年は『グイン』１００巻に先駆けて『グイン・サーガ PERFECT BOOK』（宝島社刊）というムックも早川書房さんの協力もあって作らせていただきました。こうしたおつきあいの中で、栗本さんの創作に対する飽くなき欲求と情熱は、前に進む力として、私を元気づけてくれます。読者が『グイン』を愛してやまないのも、「ただの継続だけではない力」を感じとっているからこそでしょう。

１００巻は通過点。ここを折り返しとして考え、「おめでとうございます」という言葉を贈らせていただきます。

終わらない物語をいつまでも

田中勝義（栗本薫ファンクラブ「薫の会」会長）

まずは、グイン・サーガ100巻到達おめでとうございます。

二十六年前、初めて「豹頭の仮面」を読んだときの衝撃は今でも忘れません。この物語のおもしろさをもっと人と共有したくてファンクラブに入りました。そこで多くの人と出会い、語り合い、とても充実した時間を過ごしました。その時間をずっと過ごしていたくてじたばたしていたらいつの間にかこの日になってしまいました。

そして気がつけば、この物語を受け取るだけでなくて、少しだけ送るお手伝いもするようになってしまったわけで、あらためて時の流れに感慨を抱かずにはいられません。

この物語がなければ、今の私はないといってもいいでしょう。100巻で完結しなかったのは正直うれしくもあり残念でもあったりするのですが、これからも応援していきますので、この「終わらない物語」をいつまでも書き続けていってください。

まだ、先が読めませんから！

田中文雄〔草薙圭一郎〕（作家）

クリちゃんと呼んだら「嫌らしいから、他の呼び方してよ」といわれた二六年前が懐かしい。それにしても、あなたはなんとパワフルで可愛い女性であることか。小説・評論などのデスクワークにものたらず、芝居の魔界にまで足をつっこんでしまったものね。

その中で壮大なスケールの『グイン・サーガ』を書きつづけ、ついに百巻の大台に載せ、しかもスタート時の夢とパワーを失わないのは、飽きっぽいぼくなどからすれば、まさに超人技。しかし、考えようでは、この大作は著者の二六年間の、油の乗り切った作家としての成長とシンクロしているわけで、まさに栗本薫クロニクル、面白いのが当然でしょう。百巻とはいわず、まだまだ続けてくれた方がいいんじゃないかな。だいいち、グインの記憶はいつもどるのか。まだまだ先が見えないもの。なんだか還暦のお祝いみたいですが、まずはおめでとうございます。今後も楽しませてください。

もう一つの故郷《ふるさと》

丹野忍（イラストレーター）

栗本先生、『グイン・サーガ』100巻到達おめでとうございます!!　ついにその日が来たんですね。でも、ただの一読者でしかなかった僕が、その本の絵を描いているなんて、本当に信じられません。今でも何か夢の中にいるような気がします。〆切で現実に引き戻されますが……（笑）。

物語との出会いは、僕がまだ中学生の頃でした。最初の一行を読んだあの日から、魅力的な登場人物に引き込まれ、数々のドラマを見、歴史を体験し続けてきました。そして共に広大な世界を彷徨っているうちに、自分の進む方向も自然に定まった気がします。今こうしてイラストレーターになっている僕にとっては、本当にもう一つの故郷《ふるさと》なんだと改めて振り返っています。

これからも長い長い道のりが続くと思いますが、どうかお身体にお気をつけて頑張って下さい。僕も体力が続く限り（笑）、遥か先を行かれる先生について行きます。また途中で、美味しいゴハンをごちそうして下さいね。

薫君に乾杯！

難波弘之（ミュージシャン）

これペリー・ローダン３００巻越えた、世界最長のＳＦシリーズ！　って、言うじゃない。でも、あっちは作者が何人もいますから！　残念！

でもって、個人で１００巻っていうのは、やっぱり凄い。日本って寡作や希少価値を有難がるじゃない？　食い物だって限定３００個とか言われると店の前に行列できちゃうし、売切御免だもんな。どうでもいいけど、どんなにうまかろうが、ラーメン屋に一時間も並びたくはないよね。

って話がずれてるって？　ゴメン。

きっと栗本薫の頭の中には、あとからあとから面白いお話が自然に湧いてくるんだと思う。材料がなくなり次第閉店なんてことは彼女（あっ、最初は薫君は男だったんだっけ?）の場合、絶対にあり得ないんだ。ええい、こうなったらもう永遠に書いて書いて書きまくってくれ。死んじゃっても、化けて出てきて書いてくれ。永久物語機関、栗本薫に乾杯！

終わらなくても

波多野鷹（作家／鷹匠）

100巻刊行おめでとうございます。

100巻プラスアルファ、二十何年間、書く立場で考えれば、ただ書くだけでさえ、ましてや買い続けてもらえるものをとなれば、常人にはなかなかなし得ない偉業でありましょう。

しかし真に素晴らしいのは、読む立場からはそんなに長いと感じられない、ということではないかと思います。

栗本さんのアタマの中から出てきた感じがしない、どこか遠くで実際に流れている歴史を栗本さんのアタマの向こうに見ている、と思えます。実際の歴史なら「どう語られるか」は様々でも、終わりなく続いてあたりまえ、長いも短いもない、であればこそ、グイン・サーガも、いくら長くても不思議には思われないのでしょう。

キレイにまとまらなくてもいい、それどころか、終わらなくてもいい、際限なく続けてくださることを願っております。

物語の果てにあるもの

三浦建太郎（漫画家）

グイン・サーガ100巻刊行おめでとうございます。

グイン一ケタ台から初版を読み続けて来た者は、皆さん同じなのだと思いますが、私の頭の中には常に中原があり続けて来ました。20年以上に渡り、外出の際には必ず電車に揺られながら、食事の前後、就寝前には、ハヤカワ文庫という窓を通して、この異世界を覗き、心あそばさせて頂きました。思い出を辿ってみると、その傍らにはいつもグイン・サーガがありました。

グイン・サーガは、たとえるなら幻想文学系《ファンタジー》という、うっそうと茂る森の中に屹立する、けっして枯れえぬ巨樹の様な存在です。

世の中では日々大小《いろいろ》様々な物語が生まれ、語られ、終わっていきます。終わってしまった物語はいつか読者によって再びひもとかれない限り、思い出となり、記憶の中に埋没して逝くのが逃れえぬ運命です。

ですが、グイン・サーガだけは、この未曾有のスケールの物語だけは、そんな運命などものともせず、私達と同じ時間軸で呼吸しつづけるのではないか……そんな思いを抱かせてくれます。もちろんここまで読み続けてきたからには、結末を見届けたいです。ですがそのとき、我々グイン・サーガ読者はどうなってしまうのでしょうか？　充足感、喪失感の入り混じった何か計り知れない感情に襲われそうで、恐ろしくもあり、待ち遠しくもあります。

とにかく我々は語り部、栗本薫の一言一句に耳をそばだてるしかないのです。

この物語の果てには、いったい何が……。

グイン・サーガ
研　究

《グイン・サーガ》には、それぞれに独自の景観と雰囲気を備えた都市が多く登場します。もっとも有名な五つの都市にスポットを当て、歴史、政治、そしてそこに暮らす民が形作る都市の実像にせまってみました。

クリスタル

歴史と地勢

聖王国パロの首都クリスタルは、中原のほぼ中央、温暖で穏やかな気候で知られるイラス平野の北部に位置しており、周囲をなだらかな山々に守られ、冬の寒さも夏の暑さもそれほど厳しくない、とても過ごしやすい場所として知られています。短い雨季以外に雨が降ることはほとんどなく、たとえ雨季であっても激しい雨が降ることは滅多にありませんが、西側に広がるイーラ湖、市内を流れるランズベール川とイラス川に象徴されるように水にはふんだんに恵まれており、肥沃な地味にも支えられて着実に繁栄を重ねてきました。

クリスタルが建設されたのはパロの建国とほぼ同時期の三千年前で、中原ではユラニアの旧都アルセイスと並んで古い歴史を誇っています。美しい石畳がモザイク状に敷き詰められた道路の両脇には、白い大理石と赤レンガを基調として水晶と方解石をふんだんに使った豪華な建物が建ちならび、七十を越えるとも云われる数々の尖塔が天に向かってそそり立つ優美なその姿は、《中原の美姫》などと呼ばれて世界中から讃えられています。その豪奢ながらも洗練された都市の姿にふさわしく、音楽やファッションなど、さまざまな分野にわたって典雅な芸術・文化の発信地となっており、同時に上下水道も完備するなど、世界の文明の最先端の地ともなっています。また、世界の学問の中心地として、パロのみならず世界中の貴族の勉学の場である王立学問所や、下町のアムブラに軒を連ねていた数々の私塾に数多くの研究者、学生を迎え入れるとともに、中原の白魔道師の束ねであるパロ魔道師ギルドが本拠地を置く場所として、都市のそこかしこに魔道師の姿を見ることのできる《魔道の都》としての一面も持っています。

三千年におよぶ歴史のほとんどを平和と繁栄のうちに過ごしてきたクリスタルですが、その長い歴史の中には、数々の戦や、近年のアルシス‐アル・リース内乱、黒竜戦役、アムブラの私塾弾圧など、いくつもの暗い出来事も刻まれています。まだ人びとの記憶に生々しく残る、つい先ごろのパロを二分した激しい内乱とキタイ王ヤンダル・ゾッグの侵略によって、美しかったこの都市も、いたるところに悲惨な破壊の傷痕を残す姿へと変わってしまいました。しかし、ケイロニア王グインの活躍により、都市を襲った悲劇に終止符が打たれた現在では、新しくパロ聖王として即位したリンダ女王のもと、復興へ向けた作業が国を挙げて行なわれています。かつては夜通し続くあまりのにぎやかさに不夜城をうたわれたこの《中原の宝石》が、もとの華やかさに満ちた、優しげなたたずまいを取り戻す日もそう遠くはないことでしょう。

名所案内

◉クリスタル・パレス周辺

クリスタル市内は、市の中央部で交差するように流れるランズベール川とイラス川によって、東西南北四つの区域に分けられます。そのうち、二つの川とイーラ湖に囲まれていることから《中洲》と呼ばれる西側の部分に、クリスタルの象徴である王宮クリスタル・パレスがそびえ立っています。

クリスタル・パレスは市のほぼ中央にあり、ランズベール川とイラス川とにかかる、ランズベール大橋、ヤヌス大橋、イラス大橋、聖王大橋の四つを主とするいくつかの橋によって北、東、南の各区と通じています。したがって、パレスとは陸続きの西クリスタル区を含め、どの区からでも直接パレスに入ることができます。しかし、古代カナン様式と、それに改良を加えたパロ第三王朝様式とで統一された、やや古風で優美な数々の建物からなる、世界一美しいとされるその姿をもっとも堪能するためには、正面にあたる南側からパレスに入るのがいいでしょう。

聖王大橋を渡って南大門からパレスに入ると、門からまっすぐに延びる女王の道の向こうに、パレスの中核であり、聖王の居城でもある水晶殿の、左右対称に均整の取れた姿を見ることができます。五つの宮殿からなることから五晶宮とも呼ばれるこの宮殿の中心には、真珠の塔をいただく紅晶宮を右に、水晶の塔をいただく緑晶宮を左にかかえ、美しい三つの尖塔を背後に従えたパレス最大の五層の殿堂、水晶宮の豪華で壮麗なたたずまいを見ることができます。美しい彫刻をほどこしたいくつもの円柱が周囲をかこみ、そのあいだを抜けてゆく優雅な回廊、精緻な彫像が収められた壁龕の並ぶ壁面、外側に大きく張りだした広いバルコニーが特徴的なこの水晶宮は、古代カナン様式の粋を極めた宮殿として、芸術的にも建築史学的にも重要な建物となっています。

水晶宮の北側のヤヌス広場からは、聖王の日常の起居の場として水晶殿の一画をなす紫晶宮と、東西に優美なサリアの塔、細身のルアーの塔を従え、パレスの象徴として天に向かってひときわ高くそびえ立つヤヌスの塔を間近にみることができます。ヤヌスの塔の地下には、歴代のパロ聖王がそれを使って数々の危機を脱したという伝説を残す謎めいた古代機械があります。現在は、世界で唯一この機械のマスターの資格を持つケイロニア王グインの指令により、その活動は停止されていますが、周囲には敵の侵入を阻むための謎の防御がされており、特別な許可を得ることなく不用意に近づくと命を落と

〔クリスタル・パレス〕

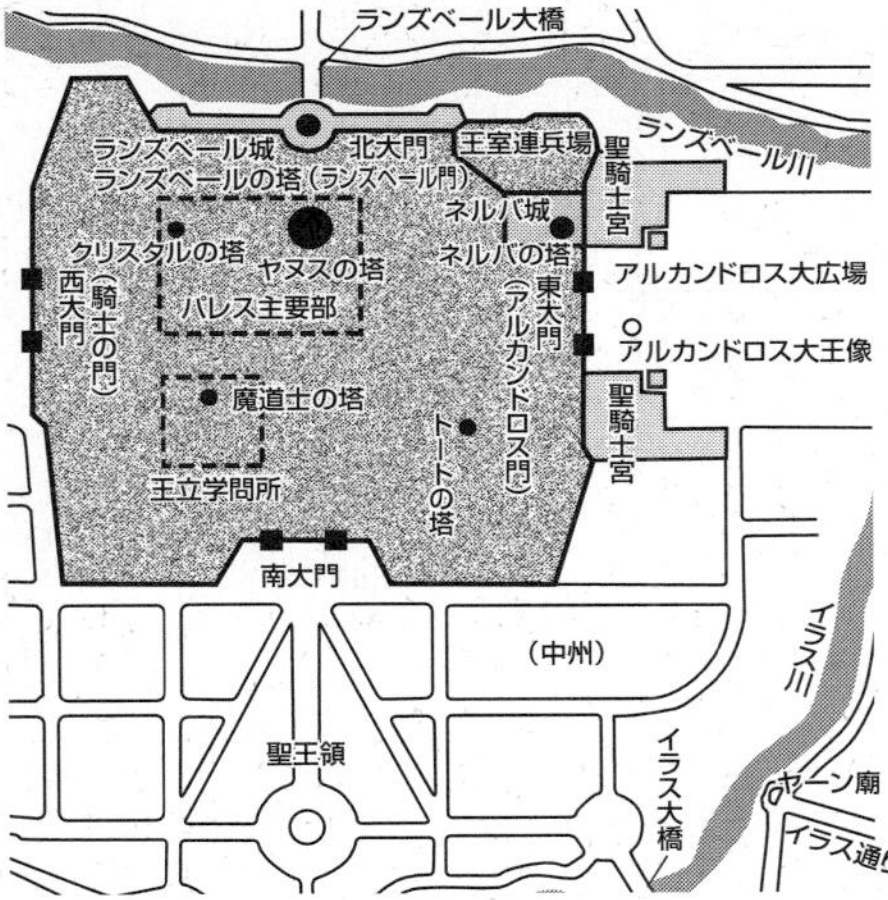
ランズベール大橋
ランズベール城
北大門
王室連兵場
ランズベールの塔（ランズベール門）
ランズベール川
聖騎士宮
ネルバ城
クリスタルの塔
ヤヌスの塔
ネルバの塔
アルカンドロス大広場
西大門（騎士の門）
パレス主要部
東大門（アルカンドロス門）
アルカンドロス大王像
魔道士の塔
聖騎士宮
トートの塔
王立学問所
南大門
（中州）
イラス川
聖王領
ヤーン廟
イラス大橋
イラス通り

〔クリスタル市／中心部〕

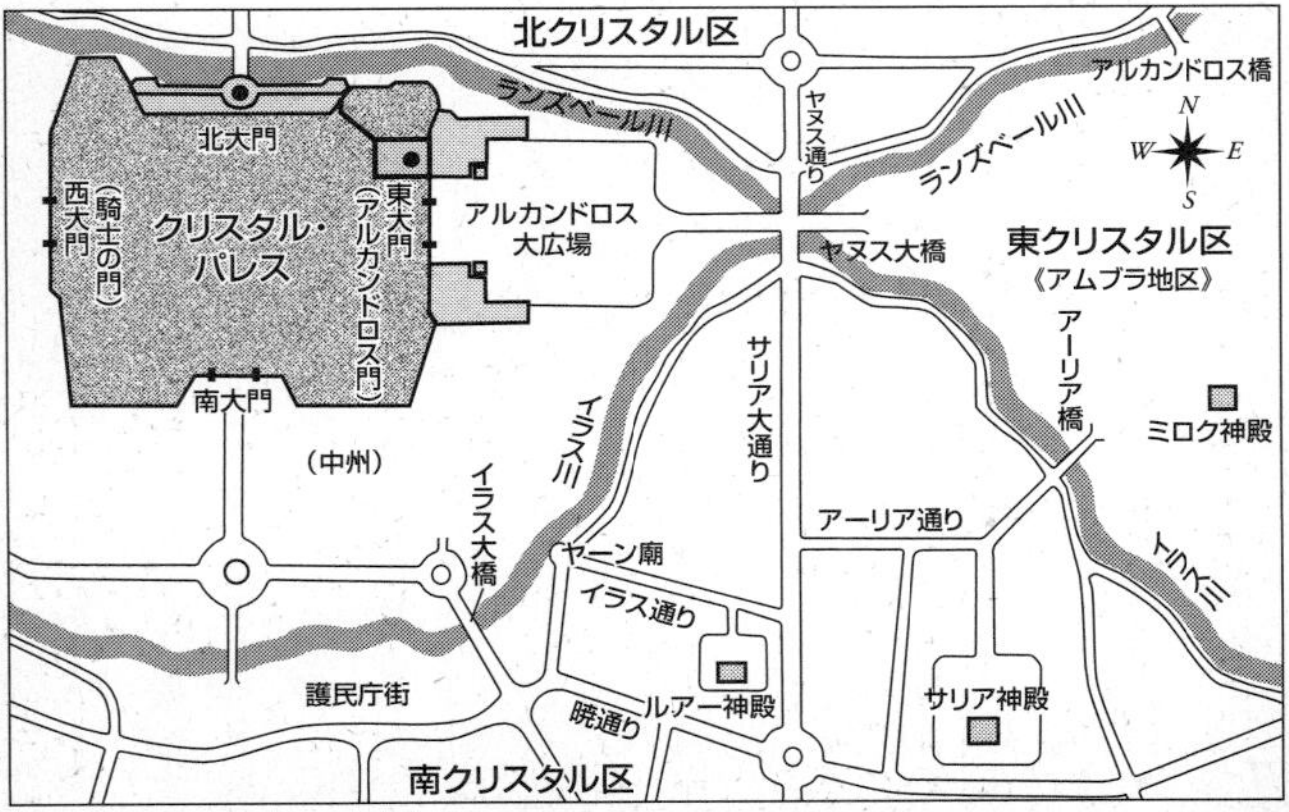
北クリスタル区
アルカンドロス橋
ランズベール川
ヤヌス通り
ランズベール川
N
W
E
S
北大門
西大門（騎士の門）
クリスタル・パレス
東大門（アルカンドロス門）
アルカンドロス大広場
ヤヌス大橋
東クリスタル区
《アムブラ地区》
サリア大通り
アーリア橋
ミロク神殿
南大門
イラス川
（中州）
アーリア通り
イラス大橋
ヤーン廟
イラス川
イラス通り
護民庁街
ルアー神殿
サリア神殿
暁通り
南クリスタル区

す危険もあるので注意が必要です。

この広場からは、現在レムス前聖王夫妻が監禁されている、白鳥のように優美な白亜の塔や、地上七階の高さを誇るヤーンの塔、白亜の塔とともに身分の高い囚人の監獄となっているクリスタルの塔なども近くに見ることができ、塔の都クリスタルをもっとも実感できるスポットともなっています。クリスタル、特にパレスに数多くの尖塔があるのは、塔に魔道の力を増幅する作用があるからだという、いかにも《魔道の都》らしい理由がひとつの説としてあげられています。魔道に多少なりとも心得のある人がこの場所に立てば、周囲のパレスの塔から発せられる魔道の力を敏感に感じることができるかもしれません。そしてもし、パレス内に数ある塔の中で、特に強い魔道の気がもやのように周囲を覆っているように感じられる塔を見つけることができたら、それはパロ魔道師ギルドの本拠である、魔道師の塔であると見て間違いないでしょう。

四季折々の花々が咲き乱れるクリスタル大庭園によって水晶殿と隔てられた西側には、クリスタルの塔に見守られるかのように、故アルド・ナリス神聖パロ聖王の居城であったカリナエ宮殿と、ベック公の公邸アルヴァイラ宮とが静かなたたずまいを見せています。現在は主を亡くした寂しい雰囲気が漂ってはいるものの、白大理石の円柱と水晶の窓をふんだんに使用し、パレスにある数々の宮殿の中でももっとも美しく、高雅で格式高いとされるカリナエ宮殿は、パレスを訪れたら必ず立ち寄っておきたい宮殿のひとつです。

観光に雨は禁物です。幸い、クリスタルでは雨に降られることは滅多にありませんが、ことパレス観光に関しては、雨に降られたほうがかえって幸運かもしれません。というのは、雨が降ると、パレス中の回廊や通路にいっせいに水晶の一枚板の屋根がかけられるため、優美な塔や宮殿に囲まれながら、透き通った水晶の板に降る雨を下から見上げるという、他ではまず味わうことのできない、貴重でロマンチックな体験ができるからです。

パレスの東西南北にある門の外側には、それぞれ大きな広場が設けられており、聖王家からの布告が張りだされたり、時には民衆のデモが行なわれたりするなど、聖王家とクリスタル市民とをつなぐ役割を果たしています。その中で最大にしてもっとも有名なのが、パレスの東側に広がるアルカンドロス広場です。クリスタルに大きな祭典や異変があったときに民衆が真っ先に集まる場所として、すべての市民が数々の喜びと哀しみを分かち合ってきたこの広場には、建国王アルカンドロスの高さ五タールにも及ぶ壮麗な石像があり、また門の左右に広がる聖騎士宮や、庶民の監獄として名高いネルバ塔を間近に見ることができます。パレスの北側に広がるランズベール広場のそばには、名軍師アレクサンドロスが自ら設計したと云われる、脱獄不能の貴族の監獄として有名なランズベール塔がそびえていましたが、先の激しい内乱で焼け落ちてしまい、現在では残念ながらその跡しか見ることができません。

◉その他

アルカンドロス広場の東、市の中心にあたる、ランズベール川とイラス川の交差する場所に十文字にかかるヤヌス大橋を通って、パレスから北、東、南の各区に入ることができます。

大橋から北に延びるヤヌス通りを中心とした北クリスタル区は、貴族たちの居住区として知られる緑豊かな大邸宅街となっています。このあたりの貴族の邸のほとんどは、正面に広い前庭と車寄せを抱き込み、両側に瀟洒な庭園を従えた、数多い円柱からなる入口を備えた広大な邸宅、という様式をとっています。石畳と街路樹の整備が行き届いた広い街路の両側に、広々とした敷地をもつ豪邸がいくつも建ちならぶその様子は、貴族の街としてのクリスタルの一面を、パレスとともに象徴するものだと云えるでしょう。中心のヤヌス通りは北クリスタル区からさらに北へ抜けて、そのまま郊外の神殿都市ジェニュアへと通じています。時間が許せば少し足を伸ばして、ジェニュアの丘の頂上に広がるヤヌス大神殿を訪れてみてはいかがでしょうか。

大橋から南に延びるサリア大通りを中心とした南クリスタル区は、クリスタル一の繁華街であり、クリスタルの事実上の文化、経済の中心となっています。クリスタルの流行の最先端を極めたい向きには、大通りの両側に並ぶしゃれた店でのショッピングがお勧めです。大通りの西にはクリスタル市庁などの役所が並ぶ護民庁街があり、その周囲は、北クリスタル区の貴族の邸宅とはまた違ったおもむきの豪邸の並ぶ、大商人や大富豪の邸宅街となっています。大通りの東を中心とするアーリア地区と呼ばれる地域には、十タールもの巨大なサリア像を本尊とするサリア神殿や、ルアー神殿などの大きな神殿があります。また多くの魔道師がまじないの店を並べているアーリア通りやイラス通り、通称《魔道師通り》もこの地区にありますので、何か願い事があるような場合には、神様に祈りを捧げたり、魔道師の力を借りるためにここを訪れるのもいいかもしれません。

おしゃれな雰囲気で美味しい食事とおしゃべりを楽しみたいときには、パレスの西側、西クリスタル区のファイロン地区にあるレストラン《鱒と鯉亭》がお勧めです。イーラ湖で取れた新鮮な魚を食べさせてくれることで有名なこのレストランは、川の上に大きく張りだしたテラスが人気で、頼めば個室も用意してくれるので、晴れた日には遠くに湖の青いきらめきまでもが見える素晴らしい景色を楽しみながら、誰にも邪魔されることなくのんびりと美味しい料理に舌鼓をうつことができます。その評判は貴族のあいだにも広がっており、何年か前には、ヴァレリウス現宰相とリギア聖騎士伯のデートが目撃されて話題になったこともありました。

クリスタルの庶民の生活の雰囲気を味わいたいなら、ヤヌス大橋を東に渡って東クリスタル区に入り、その中心となっている下町のアムブラを訪れるといいでしょう。石畳の入り組んだせまい路地には、露天商や屋台のような小商いを行なう人びとがたくさん集まっており、全体に洗練された趣をもつクリスタルではもっとも猥雑な活気に満ちあふれているものの、治安は決して悪くなく、活発に行き交う庶民たちでいつも夜遅くまでにぎわっています。かつては、大貴族も学んだことで有名なオー・タン・フェイ師の塾をはじめとする、数多くの私塾が軒を並べており、中心にあるアムブラ広場などで議論をかわす学生たちの姿が多く見られましたが、過激な学生運動への弾圧と、それに続く私塾禁止令の発令によってそのような光景も過去のものとなり、現在では、学生運動の中心であったアムブラ学生会館跡などに当時の名残を残すのみとなっています。国内外の各地から出稼ぎに来た人びとも多く暮らすこの地区には、クリスタルにも近年増えてきたミロク教徒の集まる地区も含まれており、黒竜戦役後のモンゴールの占領からクリスタルを奪還するきっかけとなった場所として有名なミロク神殿も建てられています。アムブラのさらに東には、肉、魚、野菜、花などを商う大きな総合市場も広がっています。ここを訪れれば、世界各地から集まってくる、見たこともないような珍しい食べ物や花などに出会うことができるかもしれません。

サイロン

歴史と地勢

北の大帝国ケイロニアの首都サイロンは、ケイロニアの中心部に広がる盆地のほぼ中央に位置しています。北の都市らしく冬は長く厳しく、また都市の周囲を取り囲む七つの丘からときおり吹き下ろす強い風は《ダゴンの都》との異名をとるほど有名で、皇帝の住居である黒曜宮の偉容がそびえ立つ、七つの丘で最大の風ヶ丘の名前の由来ともなっています。冬が長く厳しい分、春の美しさは格別で、うららかな陽光に照らされて、七つの丘に一斉に緑が萌えるその様子は、ケイロニアの国歌ともいうべき《緑のケイロン》にも歌われています。

クリスタルと比較すると歴史は浅いとはいえ、数百年もの間ケイロニアの中心として発展を遂げてきたサイロンは、現在では世界最強とも云われる大国ケイロニアの首都にふさわしく、数百万人にもおよぶ人口と四方に延びた赤い街道網に支えられた活発な経済活動を誇る、名実ともに世界最大の都市となっています。いにしえの名君ロデウス王が黄金にたとえて褒め称えたその夕映えの見事さと、黒大理石の屋根が特徴的な黒曜宮の重厚な美しさから、《黄金と黒曜石の都》とも呼ばれています。市中を縦横につらぬく石敷きの大通りが整備され、上下水道も完備されており、クリスタルとともに世界の文明の中心地となっていますが、質実剛健で尚武を旨とする国民性からか芸術に対する理解と評価は低く、クリスタルのような華やかさにはややかける面があります。反面、魔道を疎んじながらも魔道師のつどうまじない小路のような存在をかかえ、またヤヌス教を信仰しながらも、多くの参拝客を集めるミロク神殿やドール神殿までもが存在するなど、清濁を合わせ飲むかのようなふところの深さが大きな特徴となっています。

七つの丘を天然の要害とした恵まれた地勢と、十二神将騎士団、十二選帝侯騎士団といった、尚武の気性に支えられた強力な軍隊の力により、ケイロニア建国以来、サイロンは一度も外敵の侵入を許したことがないということを誇りにしています。名君の誉れ高きアキレウス帝と名声を世界に轟かせるグイン王の統治により、大都市としては極めて治安も良く、人びとは平和と繁栄を享受する日々を送っています。そんなサイロンに数少ない暗い影を落としているのが、近年サイロンを襲った最大の事件であり、一応の解決をみた現在もなお尾を引いている現王妃シルヴィアの誘拐事件と、パロ遠征後に行方不明となったグイン王の不在です。このロイヤルカップルの動向こそが、現在のサイロン市民の最大の憂慮であるのです。

名所案内

◉黒曜宮周辺

国家君主の住まう宮殿としては珍しく、首都の中心から外れた場所に位置する黒曜宮は、サイロンの東の郊外にある風ヶ丘とその周辺をすべて敷地とする広大な宮殿で、その広さと使用人の数はパロのクリスタル・パレスをもしのぐと云われています。市内からは少し離れているため、黒曜宮への観光は馬車か馬を使用したほうがいいでしょう。サイロン、ジャルナ区の東端にある大王広場から、まっすぐに丘をのぼったところに黒曜宮の正門があります。左に真実の塔を見ながら、両脇に巨大な神話の怪物の像の並ぶ広い石畳の道を進み、《勝利の門》と呼ばれる中央門から広大な前庭に入ると、その正面に主宮殿である黄金宮殿の豪壮な姿を見ることができます。黒大理石の太い柱と高い天井、黒曜石の敷き詰められた床、金糸のちりばめられた黒びろうどで飾られたケイロン様式の宮殿は、繊細で芸術的なクリスタル・パレスに比べて簡素でありながら力感に満ちた、いかにも北国のものらしい重厚な美しさをもっています。その屋根の四方には、周囲を見下ろすように人頭獣身の怪物ラーの姿が彫刻されており、東西に張りだした高いバルコニーは、そこからサイロン市中や風ヶ丘の周囲を一望できる絶好のスポットとなっています。

黄金宮殿の南東、庭園をはさんだ向かい側には、主宮殿と回廊でつながれた七曜宮があります。豪華で瀟洒な銀曜宮やこぢんまりとして家庭的な緑曜宮など、それぞれに特徴的な七つの小宮殿が回廊で結ばれたかたちとなっているこの七曜宮は、かつてはケイロニア皇帝アキレウスの御座所として使用され、皇帝が隠居した現在ではグイン王の居室として使用されています。この七曜宮で最大の広間であり、黒曜石の床の四隅に四柱の神の白大理石の像が置かれた星辰の間は、身分の高い囚人を裁くための部屋であり、先年、皇帝暗殺未遂罪に問われたマライヤ前皇后が自害を遂げた場所として有名です。七曜宮からさらに奥まった場所には、特別な祭典にのみ使用される小宮殿、太陽宮があります。宮殿内には小さなサリア神殿があり、そこに設けられたサリアの祭壇の前で、グイン王とシルヴィア王妃の結婚式が行なわれたのは記憶に新しいところです。

黒曜宮内には十をゆうに超える広大な庭園があり、深い緑と咲き乱れる季節の花々とで、重厚な宮殿に華やかな彩りを添えています。中でも最大のものは、黄金宮殿から七曜宮の北側に広がるルーン大庭園で、大きな祝典の行なわれるようなときには、この庭園を使用して数千人規模のパーティが開かれることもあります。黄金宮殿から西に少し離れたサリアの園は、風ヶ丘でもっとも高い場所にあり、中央のダリア池からは、はる

闇が丘
狼が丘
光が丘
北サイロン区
ケルン区
タリッド
ジャルナ区
風が丘
南サイロン区
水が丘
スティックス区
N
E
W
S
〔サイロン市〕
双ヶ丘
鳥が丘

〔タリッド地区〕

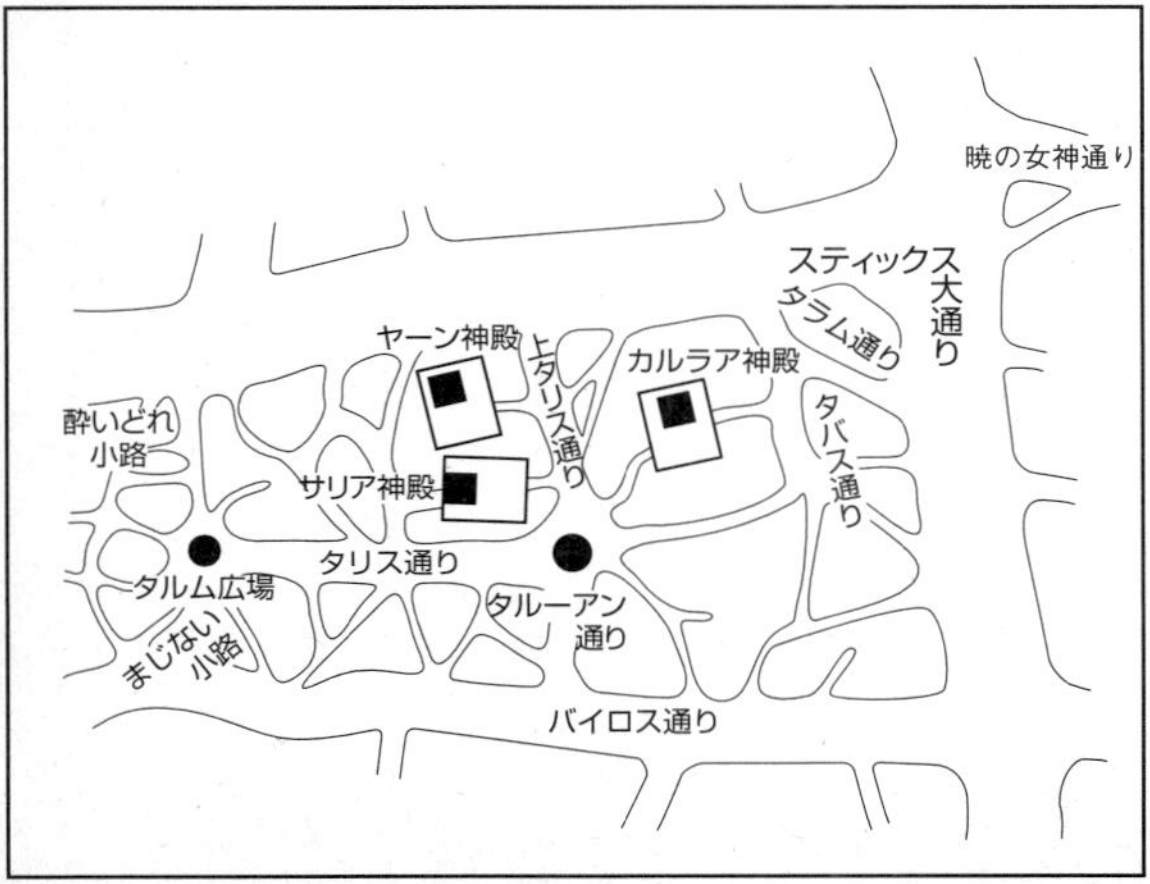
暁の女神通り
スティックス大通り
タラム通り
ヤーン神殿
タリス通り
カルラア神殿
酔いどれ小路
タバス通り
サリア神殿
タルム広場
タリス通り
タルーアン通り
まじない小路
バイロス通り

か丘の向こうを流れる川のきらめきや、サイロンから四方にのびる赤い街道まで、すべてを視野に収めた一幅の絵のような美しい景色を楽しむことができます。

黄金宮殿からルーン大庭園をはさんだ向かい側に後宮があります。前皇后の住居であった北曜宮を中心とするいくつかの建物が回廊と渡殿とでつながれ、あいだにはたくさんの木々や花園、池などがしつらえられており、全体がまるでひとつの庭園であるかのような華やかさに満ちています。かつては皇后宮、皇女宮、公妃宮などが後宮に含まれていましたが、現在では王妃のみが暮らす場所となったため、名前もそれにあわせて王妃宮と改められました。回廊の途中にある、王妃の寝室に近いマルリアの廊下などに行くことができたら、もしかしたら王妃のプライベートな日常をのぞき見ることができてしまうかもしれません。

◉その他

風ヶ丘のふもとに広がるジャルナ区から北サイロン区、南サイロン区にかけての一帯は、貴族や富裕層の邸宅や高級店の並ぶ上流階級の街となっています。ことにジャルナ区の中心にあたるウールスガーデンと呼ばれる地区には多くの豪邸が建ち並んでおり、このような家々では、寒い冬になると家の中をわざと夏のように暑くし、薄物だけを羽織ってすごすという贅沢を楽しんでいます。ウールスガーデンの北西の境界近く、黒曜宮の正門からのびる道の突き当たりには、ダリウス前大公の居城であった小月宮があります。黒曜宮が完成する以前には皇帝の居城としても使用されていたこの宮殿は、前大公の失脚により主のいなくなった現在でも、黒大理石を床に敷き詰め、豪奢な暗い紅のびろうどで壁をはった、重々しく堂々とした以前と変わらぬたたずまいを見せています。また、ジャルナ区郊外の赤い街道沿いには、海外からの使節を迎えるための品のいい小宮殿、風待宮があります。運がよければここでさまざまな国々から訪れる貴族や王族の姿を見ることができるでしょう。

小月宮から北東にのびる光ヶ丘通りの先には、なだらかで風光明媚な光ヶ丘が広がっています。ここには、アキレウス帝の隠居所であり、皇帝がオクタヴィア皇女と孫のマリニア姫とともに暮らす星稜宮があります。丘に以前から置かれていた離宮を改築し、ワルスタット侯の離邸などいくつかあった邸をすべて他へ移設して、丘全体を広大な庭とするこの瀟洒な小宮殿が完成しました。小月宮からみて光ヶ丘とは反対の南西側、双ヶ丘通りの先にある双ヶ丘は、その名の通り、お椀を伏せたようなかたちの同じような丘が二つ並んだ特徴的な形をしています。ここにはグイン王が一時期を過した黒竜将軍の公邸があります。ダゴンの像を門柱とした、重厚な石づくりの四階建ての邸には、頑丈な長い外壁と練兵場が設けられ、常時一千人の黒竜騎士団員が詰めており、邸全体が要塞かと見まごうほどの堅固さを誇っています。ケイロニア最強を誇る黒竜騎士団の本拠として、つねに傭兵を募集していますので、腕に自信のある方はぜひ応募に訪れてみてはいかがでしょうか。

　小月宮から西にまっすぐのびる暁の女神通りの突き当たり、サイロンを南北に縦断し、《三途の河》との物騒なあだ名を持つスティックス通りを越えると、サイロンの庶民が暮らす下町に入ります。下町とは云っても世界一の大都市らしく、石畳が敷かれて整備された道は広々としており、その両脇には北の都ならではの雪解け水のための排水溝が掘られています。通りが交差する場所には噴水や彫像が置かれ、街角には《風の都》の守り神、風神ダゴンの小さな祠も祀られています。石づくりの四角ばった、屋根の低い家や店の並ぶ通りには、内陸の都でありながら船乗りの行き交う姿も見られ、その店先には北国でありながら南国の果物が並んでいる、というのが世界一の交易都市に暮らすサイロンっ子の自慢ともなっています。

　下町の中でももっとも活気にあふれているのが、サイロンのほぼ中央、T字型に交差するスティックス通りに北と東を接するタリッド地区です。中でももっとも有名で、タリッドの象徴的な場所になっているのが、タリッド地区の中心にあたるタリス通りの西の端、タルム広場とバイロス通りを結ぶ百タッドほどの小さな横町、まじない小路です。いかさまじみた辻占い師から、世捨て人のルカ、黒き魔女タミヤと云った有名な魔道師までが平等に軒を連ねる、クリスタルと並ぶ魔道のメッカとして世界的に有名なこの通りでは、魔道による占いやまじないばかりでなく、呪殺や人身売買までも行なわれているという小昏い噂が流れており、ここに足を踏み入れるやいなや魔道師の気まぐれによって異次元の世界に飛ばされて戻ってこられなくなった人びとなどの恐しい伝説に充ち満ちています。サイロンに来たら一度は訪れてみたい場所ではありますが、悪い魔道師のいかがわしい罠にはまったりせぬよう、この通りを歩く際にはくれぐれも注意して下さい。

タリス通りの東端から北にのびる上タリス通り沿いには、巨大な白亜のヤーン神像を本尊とし、サイロンでは主神ヤヌスよりも信仰を集めているというヤーン神殿と、翼を持つサリア像とトート廟を抱えるサリア神殿とが隣り合わせに建っており、どちらも多くの参拝客でにぎわっています。通りの突き当たりから少し北に入ったところには、歌神カルラアの神殿があります。芸術にはあまり理解がないとされるサイロンですが、ここカルラア神殿に限っては歌舞音曲に一家言をもつ人びとがいつも集まっており、カルラア神に芸を捧げる人びとの品定めを行なって楽しんでいます。歌などは誰でもいつでも奉納することができますので、芸術好きの方は奉納される芸や音楽を楽しむなり、自らステージにあがって奉納してみるなりして見てはいかがでしょうか。もしここで奉納した芸や音楽が認められれば、有名なヴェルナのカルラア劇場や、タリッド一の歓楽街、酔いどれ小路で一番大きな居酒屋の《海の女神》亭などから出演の依頼が来るかもしれません。

地区の北東にある裏通り、タバス通りにあるラバンの宿は無名の小さな木賃宿でしたが、傭兵としてサイロンに入ったグイン王が最初に泊まった宿として、現在では有名な場所となっています。いまや生ける伝説となった王の足跡をたどる第一歩として、ここに宿をとってみるのもいいでしょう。

タリッドでの遊びに飽きた向きには、タリッドの北に広がるケルン区の郊外、闇ヶ丘のふもとのローディア地区がお勧めです。ここには最近になってこぢんまりとした歓楽街ができ、昔ながらのものとはまた違った遊びを楽しめる場所として人気を集めています。また闇ヶ丘には、中原各国の首都ではここにしかないと云われるドールの暗黒神殿があります。重い扉に閉ざされ、黒蓮の煙と妖しい没薬の匂いに満ち、かすかなろうそくの光だけがそこかしこにゆらめく本殿を訪れれば、よこしまな暗黒教の世界、ドールの昏い黄泉へとひきずりこまれてしまうかのような、死の危うさに満ちた、陶然とした心地へと誘われてゆくことでしょう。

トーラス

歴史と地勢

興亡著しい大公国モンゴールの首都トーラスは、モンゴールの北部、ノスフェラスとの境界付近に広がる森林地帯の比較的開けた場所に位置しています。地味の貧しいモンゴールの中では比較的土壌に恵まれており、周囲にはいくつかの農村が広がっていますが、トーラスの数十万市民を養うのに充分なものであるとは云えません。くわえて市民を悩ませているのが、春を中心としてしばしばモンゴール北部地方を襲う、ケス川を越えてノスフェラスから吹いてくる黄砂を含んだ苛烈な砂嵐です。トーラスの北から北西に広がるゆるやかな丘陵によって多少和らげられるとはいえ、ひどいときには目も開けていられないほどの砂混じりの強風が吹きつけるため、お世辞にも住みやすい街であるとは云えません。しかし、その苛酷な自然がトーラスにもたらす、ほとんど唯一の恵みとして名産品となっているのが、食品、嗜好品として中原で広く親しまれているヴァシャの実で、砂嵐の季節が過ぎたころに迎えるその収穫の最盛期には、それを祝う祭で街中が一年を通じて一番のにぎわいをみせます。

ヴラド大公がモンゴールを建国した数十年前まではほんの小さな田舎町に過ぎませんでしたが、大公の命によりモンゴールの首都と定められた後には、周囲の森林を切り開いて拡大し、やがて市のまわりを高い城壁で取り囲んだ、現在のかたちとなりました。大きくなったとはいっても、数百万の人口を誇る大都市であるサイロンやクリスタルと比較するとその規模の小ささは否めません。しかしながら、トーラスに住む人びとの心には、この街は自分たちの手で作り上げたものなのだという大きな誇りが満ちており、それがサイロンやクリスタルの人びとに決してひけをとらない、自らの街に対する強い愛着心のもととなっています。

ヴラド大公の強引ながらも卓越した手腕によって発展してきたこの都市でしたが、大公の死後、第二次黒竜戦役での敗戦によってクムの占領下におかれると、クム兵士の横暴などもあって街の治安は悪化し、急速に活気は失われていきました。トーラスにその活気を再びもたらしたのは、アムネリス大公と当時のイシュトヴァーン将軍によるトーラス奪還とモンゴール大公国の復活です。しかし、それも長くは続かず、ゴーラ王となったイシュトヴァーンによる突然のクーデターと、それに続く「血の月」と呼ばれる粛清の日々を経て、またしてもトーラスは他国の占領下におかれることとなってしまいました。現在は、ゴーラからのモンゴール独立を求めて生じた反乱の中心地となっていますが、それも鎮圧寸前の状態にあります。トーラスがかつてのにぎわいを取り戻す日はまだ先のことになりそうです。

名所案内

◉金蠍宮周辺

ヴラドとアムネリス、すでに故人となった二人の大公の居城となっていたのが、トーラスのほぼ中心に位置する金蠍宮です。南側の正門を通じて正面に見える主宮殿は、いくつもの太い柱が建ちならぶ武骨なつくりの広大な宮殿で、その名があらわすとおり、ところどころに緋をあしらった金づくめの外観に、大理石や宝石をふんだんに飾り付けた、豪奢で壮麗な姿をしています。国としてのモンゴールが大きくなるのに合わせて宮殿も増築を繰り返しており、特にモンゴールが一時復活した際には、アムネリス大公の命によってかなりの建て増しがされました。そのため、宮殿は大きな棟がいくつも合わさったようなややごちゃついたかたちをしており、そのそれぞれが渡り廊下や渡り橋で複雑につながれているため、ちょっと油断すると自分が宮殿のどこにいるのか分からなくなってしまいます。観光に際しては迷子にならないよう、充分に注意をして下さい。

主宮殿の奥にそびえ立つ塔と並んだやや東寄りに、アムネリス大公の幼少時からの居室であった大公宮があります。ヴラド大公時代には公女宮と呼ばれていたこの建物は、周囲を木々や庭園に囲まれた静かなたたずまいを見せています。大公宮の西に広がる小さめの庭園の向かい側には騎士たちの詰所である騎士宮があります。この建物はかつては公子宮と呼ばれ、大公の弟ミアイル公子の居室となっていましたが、ここを舞台とした公子暗殺事件によって主を失い、モンゴール復活ののちに大公の命によって現在の姿へと改装されました。その南東に広がる謁兵広場には、かつて大公が出陣する兵たちを見送った大きなバルコニーが主宮殿から張りだしており、そこから広場を一望することができるようになっています。

大公宮から北にのびる回廊でつながれた宮殿が、ゴーラ王イシュトヴァーンが将軍時代に居城としていた将軍宮です。かつて夫婦であった王と大公が誰にも見られずに行き来できるようにという配慮から、大公宮に通じる回廊には外から見られないような工夫がされています。将軍宮の裏手には森が広がっており、宮殿の横に設けられた小さな池のある庭を通ってさらに奥に進むと、王と大公がささやかに婚礼の式をあげた小さな神殿に行き着くことができます。

主宮殿の東の外れには、あまり目立たない小さな三階建ての別棟があります。ともすると見落としてしまいがちなこの建物こそが、モンゴールに二度目の破滅をもたらした

〔トーラス〕

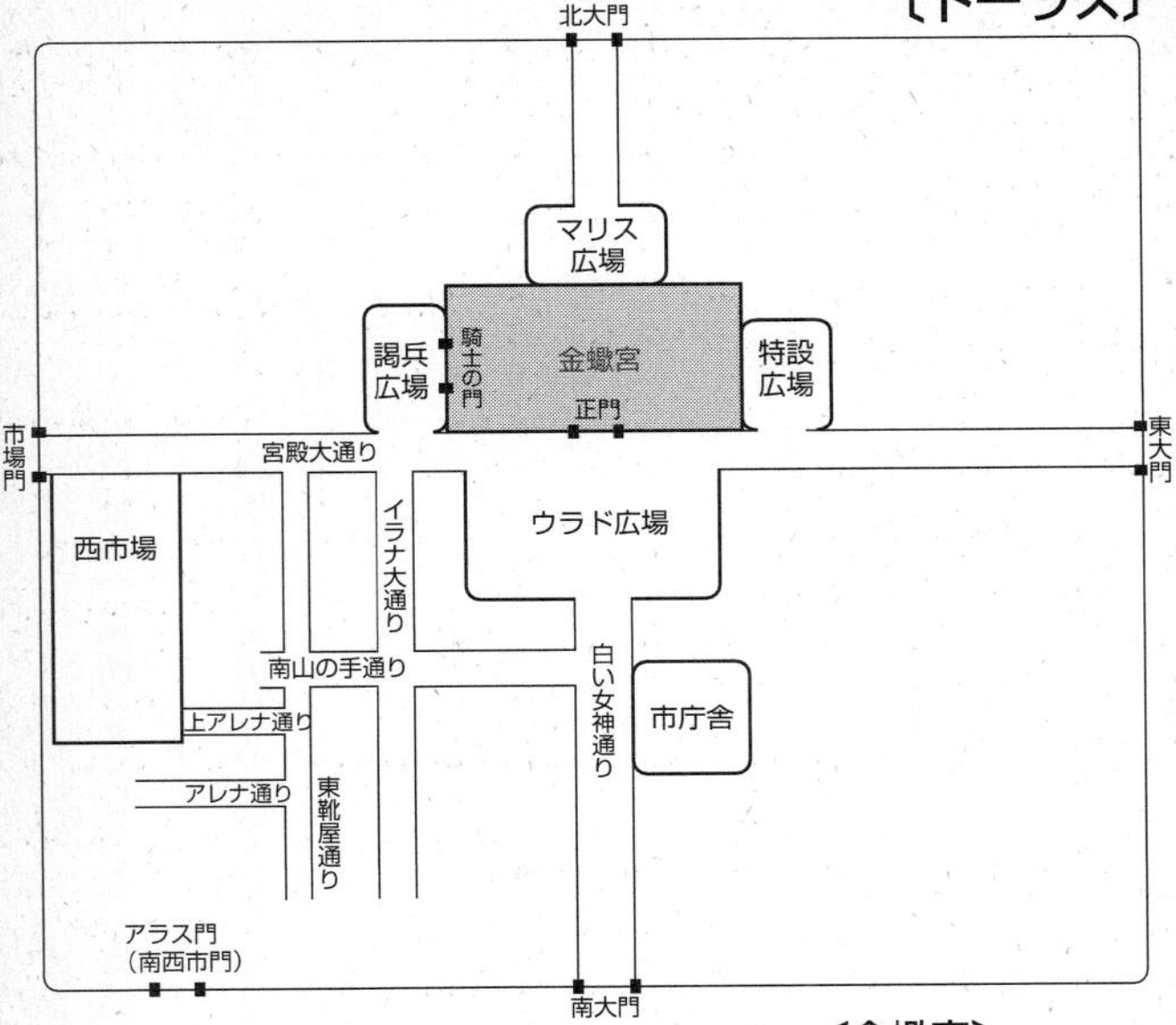
北大門
マリス広場
謁兵広場
騎士の門
金蠍宮
正門
特設広場
市場門
東大門
宮殿大通り
ウラド広場
西市場
イラナ大通り
南山の手通り
白い女神通り
市庁舎
上アレナ通り
アレナ通り
東靴屋通り
アラス門
（南西市門）
南大門

〔金蠍宮〕

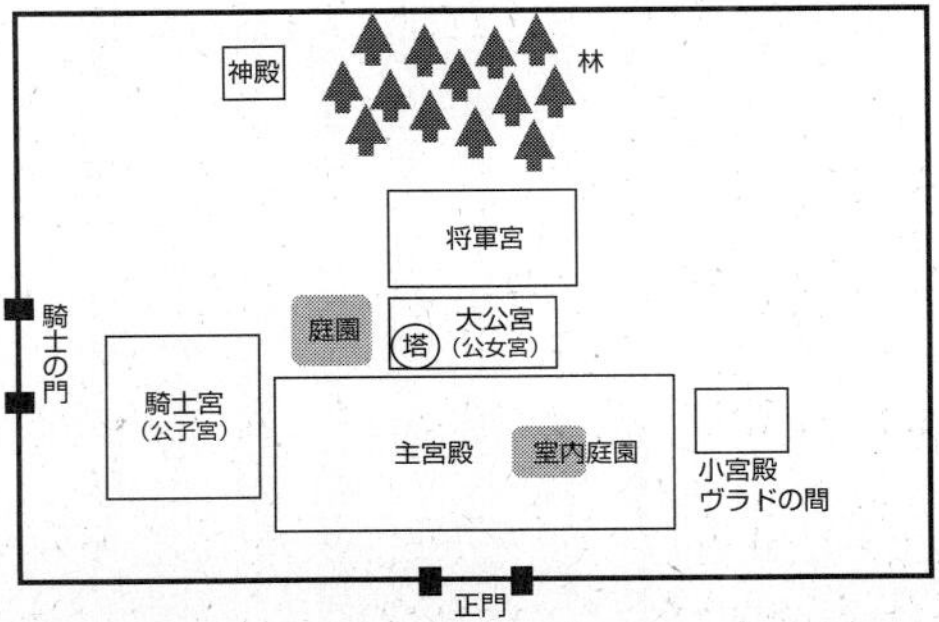
神殿
林
将軍宮
騎士の門
庭園
大公宮
（公女宮）
塔
騎士宮
（公子宮）
主宮殿
室内庭園
小宮殿
ヴラドの間
正門

きっかけとなった、イシュトヴァーン王の弾劾裁判が開かれた建物です。その裁判の舞台となり、クーデターの勃発した場所ともなった一階の大広間《ヴラドの間》には、現在もその惨劇の傷跡が生々しく残っています。

他国の宮殿と同様に、金蠍宮の周囲にも、北側のマリス広場、南側のヴラド広場といった、大きな広場が設けられています。ことにヴラド広場はトーラス最大の広場として、強大を誇ったモンゴール軍の出陣の際などには、それを見送る市民の大きな歓呼の声でつねに満たされていました。ヴラド広場からトーラスの南大門までをまっすぐに結ぶ白い女神通りは、トーラス最大の通りで、二十騎の騎士が騎乗のまま一列横隊となって押し通れるだけの幅をもっています。かつて幾度となく出陣する軍を見送り、帰国してきた軍を出迎え、モンゴール復活を祝うアムネリス大公即位大典のパレードなども行なわれたこの広い通りこそが、尚武の国モンゴールのひとつの象徴であると云えるかもしれません。

◉その他

新興国らしく、庶民的な側面の強いトーラスでもっともそれらしいにぎわいを見せているのが、下町を含む南西地区です。ヴラド広場から西に延びる宮殿大通りの先にある西市場は、トーラス最大の市場として《トーラスの台所》とも云われ、《モンゴールの穀倉》と呼ばれるオーダインやカダインからのガティをはじめとする穀物など、各地のさまざまな作物が門から続々と運び込まれては、軒を連ねてにぎわうたくさんの店先で商われています。

大きな商店の建ちならぶトーラス一の繁華街として知られているのは、白い女神通りの西、宮殿大通りから南に延びるイラナ大通りです。しかし、もっと安く買い物や食事ができる穴場的なスポットとして庶民に人気なのが、イラナ大通りから少し南西に離れたところにあるアレナ通りです。トーラスの外れ近くにあり、西市場の外側から下町の中心へとのびるこの小さな通りには、小商いの店のあいだにたくさんの露天商が品物を広げ、路地でばくち遊びのポイに興じる人びとや日常品を求める買い物客であふれており、庶民の下町らしい活気に満ちてかなり遅い時間までにぎわいを見せています。通り沿いに数多く並んでいる、安く美味しい料理を味わわせてくれる飲食店の中で、もっともお勧めなのが老夫婦と息子夫婦が経営する小ぎれいな居酒屋《煙とパイプ》亭です。ガティのかるやきパンを添えた壺入りの羊のシチューなど、老おかみと若主人が中心となって料理する数々のメニューはどれも美味しいと評判で、中でも老おかみ手製の肉まんじゅうは、ゴーラのカメロン宰相が、モンゴールの将軍時代にこれを食べたさにお忍びで通ったと云われるほどの絶品です。トーラスを訪れた際にはぜひこの店まで足を伸ばし、名物料理の数々を堪能してみてください。

もう少しあぶない遊びをお好みの向きには、アレナ通りからさらに市の外れに近づいたあたりに、有名な男娼窟《ヴィエンナの店》や賭博場と娼館を兼ねた《クルノの店》など、その向きの嗜好を満たす店々の集まる一画があります。ただし、このような場所のご多分にもれず、治安はかなり悪いので、ここで遊ぶ場合には充分な注意が必要です。

イシュタール

歴史と地勢

新生ゴーラ王国の首都イシュタールは、旧ユラニア大公国の西端近く、旧都アルセイスの郊外に位置しています。イシュタールの周囲に広がるイナム盆地は、《ユラニアの穀倉》と呼ばれるほどの豊かな土地で、クリスタルと同じくらいの長い歴史を誇るアルセイスを商業都市として、またユラニアの爛熟した文化と政治の中心地として、おおいに繁栄させました。しかし、若きゴーラの僭王イシュトヴァーンは、滅亡したユラニアの地に新しく建国したゴーラ王国の首都を選定するにあたり、アルセイスは平地の商業都市で軍事的には脆弱であるために、自らの求める首都のすがたに合わないと判断しました。そこで王は、アルセイス郊外の小城下町、かつてゴーラ皇帝サウルが起居していたバルヴィナの軍事的な地理上の利点に目をつけ、それに改造工事をほどこして新しい首都とすることを決定し、名前をイシュタールと改めました。

イシュトヴァーン王自ら積極的に設計に参加し、論議を重ねて建設されたイシュタールは、最新の設備と様式を整え、さまざまな工夫が凝らされた建物が幾層にも重なりあうかたちとなっています。新宮殿イシュトヴァーン・パレスを中心として、尖塔や役所、病院などを配置したこの都市の建設により、アルセイスを中心とする商業活動の活発化や雇用の増加がもたらされ、疲弊しきったユラニア経済に、爆発的な好景気の波が押し寄せることとなりました。このことは、相次ぐ戦乱に倦み、気力を失っていた旧ユラニアの民衆に希望をもたらし、そのためにイシュタールは国民から《希望の都》と呼ばれるようになりました。いっぽうでモンゴール大公にしてゴーラ王妃でもあったアムネリスが非業の死を遂げた場所として、ゴーラに征服されたモンゴール国民からは圧政の象徴としての憎しみも集めており、この都市の誕生は、その主の半生と同様に波瀾含みのものとなりました。

現在もまだ建設の続くこの都市は、まだ首都機能の三分の一ほどしか完成しておらず、残りの三分の二の機能は依然として旧都アルセイスが担っている状態となっています。今後も軍事面を中心に、急ピッチで首都としての機能が整えられていくものと思われます。

名所案内

まだ誕生したばかりの新しい都市であるため、市の中心として建設されたイシュトヴァーン・パレスをのぞいては、目ぼしい観光スポットはまだほとんどありません。しかし、中原でもっとも新しい王宮でもあるこの宮殿を見るためだけにでも、一度は訪れてみるだけの価値があるでしょう。

新進気鋭の建築家アスニウスが中心となって、旧バルヴィナ城を改築して完成したパレスは、大宮殿のシャンデリアから、カーテンや絨毯の材質、色あい、柄にいたるまでイシュトヴァーン王の意見を存分に取り入れて設計され、その結果、装飾は王の趣味を反映して多少過剰ではあるものの、近代的な、なかなか品のいい豪華な宮殿に仕上がったとして評判を集めています。まだまだ安定しない国内情勢を考慮して、宮殿の内部の通路には有事の際のための細かな工夫がされており、いざというときの脱出や連絡がしやすいよう、多くの秘密の通路などで要所どうしが結ばれた構造となっています。

正門前の広場の向こうにそびえる巨大な主宮殿の奥には、王の日常の起居の場所となっている帝王宮があり、その周囲を美しい泉水と華やかな庭園がぐるりと取り囲んでいます。その背後、宮殿の中央には、かつて王妃アムネリスが監禁され、王子ドリアンを出産したのちに自害を果たしたアムネリア塔がそびえ立っています。まわりをぐるりと取り囲んだ後宮によって、外部の人間が近づけないように配慮された六階建てのこの塔は、誰ものぼれないように磨き抜かれた白大理石で外壁を覆われ、裏口を頑丈な壁によって周囲から厳重に区切られた堅固なつくりとなっています。地下に設けられた入口からじめじめした地下室を通って中に入ると、内部はレンガで塗り固められて窓は小さく、壁や天井は濃いえんじ色に塗り上げられており、塔の中心をのぼる狭い螺旋階段を含むすべてが、外からみた白亜の美しい印象とは裏腹に監獄めいた薄暗さの中に閉ざされています。ここを訪れた際には、運命に翻弄された悲劇の女性の哀しい生涯に、しばし思いを馳せてみてはいかがでしょうか。

ホータン

歴史と地勢

東方の謎めいた大国キタイの首都ホータンは、キタイの中心からやや西寄りに位置しています。クリスタルよりも古くから存在する世界最古の都であると云われ、数千年前に旧都フェラーラから遷都されて以来、新都シーアンの建設の進行する現在に至るまで、東方一の大都市として変わることなく繁栄を続けてきました。中原の《塔の都》クリスタルを上回るとも云われるほどの数多くの塔が街のいたるところに建っていることから、クリスタルに対抗するかのように《千塔の都》という異名でも呼ばれています。

死の砂漠ノスフェラスさえも踏み越えて、全世界と交易を行なうキタイ商人の本拠地として、ホータンは、サイロンに匹敵する人口を誇る世界一の商業都市として名を轟かせてきました。しかし、およそ二十年前、突如として現われた竜王ヤンダル・ゾッグによって前王家が滅ぼされ、ホータン中の運河の水が血で真っ赤に染まるほどの粛清が行なわれたころから、急速に街中の治安が悪化し、《キタイで一番地獄に近い場所》《泥棒都市》などと呼ばれるようになってしまいました。竜王の配下である竜頭の騎士団《竜の門》による苛烈な支配や、竜王の強烈な黒魔道の影響により、街中には重苦しい闇の気配が昼間でも色濃くただよっています。しかし、都市としての活気は決して失われることなく、一瞬たりとも気の抜けない物騒な空気の中でも活発な商取引が行なわれ、とても猥雑な雰囲気のなかで人びとがたくましく日々の暮らしを送っています。それを象徴するかのように、街の通りには野良犬通り、ふんだり蹴ったり横町など、物騒ながらもユニークな名のついたものが多く見られます。

先ごろの魔道師やごろつきどもによる抗争や、当時のケイロニア黒竜将軍グインと闇の司祭グラチウスとの闘いの余波で、街中は一時、非常な混乱状態に陥りました。しかし現在はその混乱の中から、青年リー・リン・レン率いる青星党と、教皇ヤン・ゲラール率いる、暗殺教団として有名な望星教団とが中核となって立ち上がり、竜王に対する反乱の火の手をあげています。ホータンが竜王の圧政から解放される日もあるいはそれほど遠くないのかもしれません。

通りひとつに百の塔があると云われるほど、ホータンの街中のありとあらゆる場所で塔を目にすることができます。その無数とも云える塔ひとつひとつの天辺には、必ず主として妖怪や幽霊が住んでいると云われ、そのためか、街中はいつも妖魔の気配に満ち、夜中には《火の車》や霧怪といった妖怪が通りを徘徊するとも云われています。竜王の支配が始まってからは、妖しげな魔道師の姿も増えて魔の都としての性格がより一層強くなり、夜のみならず昼間でも、外出する際には充分に気をくばらなければならないほどの物騒な街となりました。ことに、市内を北西から南東に向けて右に大きくカーブしながら走り、市を二分している幽霊通りの北側と東側は、魔道師や妖魔、ごろつきどもの縄張りとなっており、そこを訪れる際には細心の注意が必要です。

幽霊通りの北側一帯には、無数の枯れ木のたちならぶ白骨の森が広がっています。このあたりには昔、あまりにたくさんの人の死体が埋められたために、土が肥えすぎてかえって森の木が枯れてしまい、現在の姿に変貌したという恐しい伝説があり、それを裏付けるかのように、夜中になると地中のリンが燃えて森全体が青白く光るといいます。この白骨の森をさらに北へと抜けた先、ホータンの北端にあたる場所には、前王家の居城であった黒々として不吉な竜宮城、かつての蓮華王城がそびえています。新都シーアンの建設開始にともなってうち捨てられた城は、その後しばらくはごろつきどもや魔道師の住処となっていましたが、現在ではそれらはすべて追い払われ、望星教団のアジトのひとつとなっています。かつては、城の東西南北にそれぞれそびえる生命の塔、かなしみの塔、よろこびの塔、死の塔の四つの塔と、そのさらに外側の八方位に建てられた塔によって周囲ににらみをきかせ、城全体を長い城壁で囲んだ堅固なつくりを誇っていました。しかし、現在では荒廃して城壁もあちこち崩れ、建物もなかば廃虚と化し、美しかった庭園も荒れ果てたうらぶれた姿となり、そこかしこに残るきらびやかな装飾の残滓だけが、かつての栄光を偲ばせるよすがとなっています。

白骨の森から幽霊通り沿いに南東にくだると、ホータンの北東から東にかけて黒々とぶきみに広がる、東の《魔の森》に行くことができます。キタイの土地神をまつっていた社のあとがそこかしこに残っているこの森は、現在では魔道師や土地神の縄張りとなっており、ことに付近を流れる白骨川と流血川にかかるあの世橋とこの世橋を渡った先の地域は、暗くなってからは決して近づいてはならないと云われる魔の領域と化しています。この森の中心の丘の上には、天辺近くに巨大な鬼の顔が彫られ、守り神としてホータン市内を見下ろしていた鬼面の塔のあとが残っています。ホータンの四方に建っていた鬼面の塔のうち、最後のひとつとして残っていたこの東の塔は、物神ライ＝オンの化身として人びとからあがめられ、また畏れられてもいましたが、グインとの闘いにライ＝オンが敗れた際に崩れてしまい、いまではがれきの山のみが残る姿となっています。

幽霊通りの南西側に広がる比較的治安のいい地域で、まず訪れてみたいのがホータン

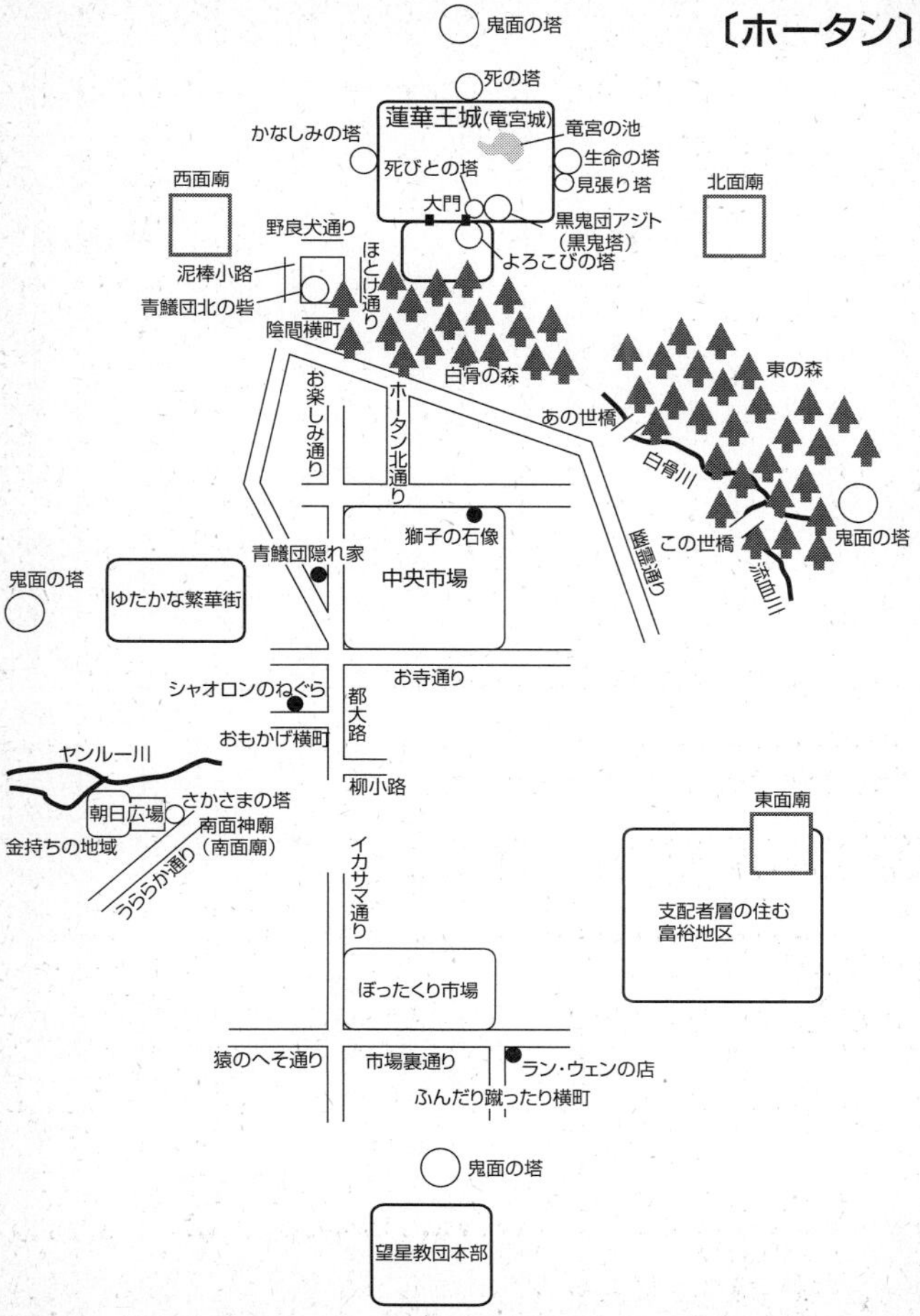
〔ホータン〕
鬼面の塔
死の塔
蓮華王城(竜宮城)
竜宮の池
かなしみの塔
生命の塔
死びとの塔
見張り塔
西面廟
北面廟
大門
黒鬼団アジト
(黒鬼塔)
野良犬通り
よろこびの塔
泥棒小路
ほとけ通り
青鱶団北の砦
陰間横町
白骨の森
東の森
お楽しみ通り
ホータン北通り
あの世橋
白骨川
鬼面の塔
この世橋
獅子の石像
幽霊通り
流血川
青鱶団隠れ家
鬼面の塔
ゆたかな繁華街
中央市場
お寺通り
シャオロンのねぐら
都大路
おもかげ横町
ヤンルー川
柳小路
さかさまの塔
朝日広場
南面神廟
(南面廟)
金持ちの地域
東面廟
うららか通り
イカサマ通り
支配者層の住む
富裕地区
ぼったくり市場
猿のへそ通り
市場裏通り
ラン・ウェンの店
ふんだり蹴ったり横町
鬼面の塔
望星教団本部

のほぼ中央に広がる中央広場です。幽霊通りからホータン北通りを南に一、二モータッドほど進んだところにあるこの広場は、さまざまな食べ物や日常品を扱うたくさんの天幕、屋台、露店がひしめきあい、そのあいだに何人もの辻占い師が店をかまえ、サーカスなどの見せ物小屋や遊技場などもあって、いつでも大勢の人出でにぎわっています。かたわらには自由市場も隣接しており、ここにくればたいがいのものは手に入れることができますので、東方の珍しいお土産物などはぜひここで探してみてください。広場の北の端には、待ちあわせスポットとして有名な獅子の石像が建っています。たいへんににぎわう広場の人込みの中では、人とはぐれてしまうこともよくありますので、そんなときの目印として、ここを覚えておくといいでしょう。広場周辺の広い街路には黒い石畳が敷き詰められており、両側に掘られた排水溝にかかった橋で街路沿いの家々と結ばれています。家々の壁は白く、色とりどりの布がかけられた丸い窓の風情が、東方の国らしいエキゾチズムを醸し出していますので、異国情緒を手軽に味わうには、このあたりをちょっと散策してみるのがいいかもしれません。

中央広場から西側の一帯は、ホータンでもっとも治安のいい地域として、豊かな繁華街となっています。ことに北をヤンルー川に、南をうららか通りにはさまれた南西地区は、富豪たちの別荘や邸が並ぶ高級住宅街で、石像が並ぶ広い庭は木々や花々で飾られ、池には色とりどりの高価なチーサ魚が泳ぎ、両側に白い塔を備えた、まるで神社仏閣のように装飾豊かな豪邸がいくつも並んでいます。この地区の中央付近、ヤンルー川の分岐近くの朝日広場の隣には、最近まで南面神廟と、さかさまの塔が建っていました。白く四角い四本の太い柱に支えられ、壁が真っ赤に塗られた本堂に雷雲神将ゾード像が祀られていた廟と、たまねぎのような屋根と無数の丸窓、内部にしかけられたさまざまなからくりとで有名な塔とは、ゼド教のお坊さんによるユニークな案内とともに人気の観光スポットとして多くの人を集めていました。しかし、先日の騒乱でともに焼け崩れてしまい、現在では土台だけとなった寂しい姿しか見ることができません。

中央広場から南に足をのばした先、イカサマ通りに面したぼったくり市場も、名前は物騒ながらも昼間の治安はまずまず良く、安くて手ごろな買い物を楽しむことができます。市場近くのふんだり蹴ったり横町のそばにあるラン・ウェンの店では、庶民的でなかなか美味しいそばを楽しむことができます。この店は朝まで営業していますので、夜中に小腹がすいたときなどにぜひ試してみて下さい。

ホータンの南のはずれにある高い丘の頂上には、望星教団本部のホータン支部が置かれています。市中から丘に向かう一本道をあがると、がっしりとした高い門の向こうには、まっすぐに石畳の道がのびる広大な庭があり、その正面には、あちこちに淫祠邪教めいた彫刻がかざりつけられた、黒光りする頑丈な外壁を持つ、神殿のような外見の豪勢な邸が建っています。建物内部には、謎めいた宗教の施設らしく独特の薬草めいた匂いがただよっており、両側から手摺りがつきだしたモザイク模様の長い廊下の向こうには、豪華なシャンデリアと柔らかいじゅうたん、大きな水晶の一枚窓のある、天井の高い部屋がいくつも並んでいます。地下には暗くひんやりとした洞窟のような部屋があり、その壁にぎっしりと並んでくりぬかれた壁龕状のくぼみには、望星教団でいうアルゴン化を終えた《ボーディナー》と呼ばれる人びとの、青緑色の硬い水晶のような体が並んでいます。謎に満ちた暗殺教団の真実の姿の一端に触れてみたい方は、勇気を出してこの建物を訪れてみてはいかがでしょうか。もしかしたら、他では滅多に味わえないような不思議な経験ができるかもしれません。

〔文＝八巻大樹〕

グイン・サーガ

大事典

〔凡例〕

種別

位　地位
医　医学
科　科学
怪　怪物
具　道具
軍　軍事
芸　芸術、芸能
建　建造物
語　言語
交　交通
社　社会
宗　宗教
書　書物
女　人名女性
食　飲食物
植　植物
神　神話
族　一族、民族
単　単位
男　人名男性
地　地名
動　動物
風　風俗
魔　魔道
歴　歴史

地域別

【アグ】アグラーヤ
【アル】アルゴス
【ヴァ】ヴァラキア
【カナ】カナン
【キタ】キタイ
【クム】クム
【ケイ】ケイロニア
【旧ゴ】旧ゴーラ
【新ゴ】新ゴーラ
【タル】タルーアン
【ノス】ノスフェラス
【ハイ】ハイナム
【パロ】パロ
【モン】モンゴール
【ユラ】ユラニア
【ライ】ライジア
【外】惑星外
【沿】沿海州
【黄】黄昏の国
【鏡】鏡の国
【自】自由国境地帯
【草】草原
【中】中原
【東】東方
【南】南方
【不】不詳
【北】北方

ア

アーニウス　男　【カナ】　ローアンの《眠れる王》。故人。

アーリア区　地　【パロ】　南クリスタル区の東側の地区。サリア神殿がある。

アーリア橋　建　【パロ】　クリスタル市の橋。イラス川にかかる。

アールス川　地　【カナ】　カナン市の西に流れる川。

アイシア　女　【パロ】　マルガ離宮の侍女。サルディウスの恋人。

アイナ茶　植　非常に高価なクムの特産物。「サリアの飲み物」。

アイモス　神　愛人を救いにむかう彼女の願いに応えて海が二つに割れたと云われる美女。

アイラス　男　【パロ】　パロ魔道師ギルドの上級魔道師。

アイラニア　女　【新ゴ】　アムネリス付きの最年長の侍女。女官長。

アウス　男　【パロ】　準男爵。カラヴィアの地方官。クリスティアの父。

アウス　男　【ケイ】　ヴォルフ伯爵。ルカヌスの弟。グイン探索隊指揮官。

アウラ・カー　女　【外】　ランドックの最高君主である女神。廃帝グインの妻で、グインを追放した。

アウルス・アラン　男　【ケイ】　アンテーヌ子爵。アウルス・フェロンの息子。

アウルス・フェロン　男　【ケイ】　アンテーヌ侯爵。十二選帝侯筆頭の長老で、アキレウスや重臣の信頼を集めている。灰色の目、短い白髪。

アウレリア　女　【パロ】　アウレリアスの双

児の妹。タラントの恋人。
アウレリアス・デルス 男【パロ】 聖騎士伯。アウレリアの双児の兄。決闘でナリスに傷をおわせ、故郷で謹慎中。
アエリア 女【モン】 アムネリスの従妹。トーラス戦役後に処刑された。
アエリウス 神 偉大な船乗り。魔の海トゥーゴルコルスを旅し、まぼろしの姫君イレーニア救出などの冒険をした。
青騎士団 軍【モン】 五色騎士団の一。
青鱶団 社【キタ】 ホータンの団体。首領はリー・リン・レン。青星党へ発展した。
赤い街道 地 カナンの時代から開かれてきた街道の総称。赤いレンガや石などが敷詰められている。
赤い街道の盗賊 社【中】 赤い街道沿いを荒し回る盗賊団の総称。さびれた旧街道沿いを根城としている。
《赤い鮫》号 交【ライ】 インチェス・ノバックの真紅の主船。千五百ドルドン級。船首に大きな鮫の牙の模様。
赤騎士団 軍【モン】 五色騎士団の一。
アガリオン 神 町の子どもをみな連れていってしまった笛吹き。
アキニウス 男【不】 「植物図鑑」の著者。
アキレウス・ケイロニウス 男【ケイ】 第六十四代皇帝。シルヴィアとオクタヴィアの父。鋼鉄色の目、白髪の剛毅なたくましい老人。英明果断で獅子心皇帝とも呼ばれる名君。厳しさの中にも深い情愛を秘めており、臣下や国民から慕われている。グインのケイロニア王即位に伴い、光ヶ丘の星稜宮で半隠居生活を送るようになった。
アキレス 男【パロ】 聖騎士侯。小アキレス。故人。
アクテ 女【ケイ】 ディモスの妻、アウルス・フェロンの娘、五人の子の母。金茶色の髪、灰色の目の大柄な美女。家庭的でケイロニアの理想の女性の典型とされる。

アクラ　神【ノス】　ラゴンの神。アクラの使者をラゴンに使わすと云われる。

アグラーヤ　地【アグ】　沿海州連合に属する王国。国王はボルゴ・ヴァレン。アルミナの出身国で、パロ内乱ではレムスを支持。

アクラの使者　神【ノス】　アクラがラゴンに使わす使者。グインがそれだとされる。

アグリッパ　男【ノス】　ハルコン出身の大魔道師。三大魔道師の一人。ノスフェラスに入口を置く異星の結界にこもり、現世に干渉せず、ただ観相の日々を送っている。三千歳。

アストリアス　男【モン】　子爵。ナリス暗殺に失敗し捕らえられるが、その後行方不明になった。

アスニウス　男【新ゴ】　建築家。イシュタールの建設に中心的な役割を果たした。

アダン　男【ケイ】　白虎将軍。貴族出身。しわぶかい顔の老人。

アトキア　地【ケイ】　十二選帝侯領の一。領主はアトキア侯爵ギラン。クムとの交易のかなめとして発展している。人々はきっすいのケイロン人。

アトキア　地【ケイ】　アトキア選帝侯領の首都。

アトキア侯爵　位【ケイ】　十二選帝侯の一。ギラン参照。

アドリアン　男【パロ】　カラヴィア子爵。アドロンの一人息子。美しい金髪、大きな青い目。パロ内乱で長い幽閉の日々を送った。

アドロン　男【パロ】　カラヴィア公爵。大柄で浅黒い顔立ちの初老の伊達男。息子アドリアンを溺愛。

アニミア 女【パロ】 カリナエの女官長。青い目のふくよかな女性。

アブラヒム 男【ノス】 黒魔道師。人形を操る魔道を得意とするくぐつ使い。

アマリウス 男【パロ】 マリア子爵。現マール公爵の甥。

アマリウス 男【パロ】 クリスタル・パレスの侍従長。茶色の髪。アモンにより体を犬に変えられたのち墜落死させられた。

アマンダ 女【ライ】 伝説の海賊クルドの最後の女。クルドを裏切って殺害の手引をした。故人。

アムネリア 植 きつすぎるほどの芳純な匂いを持つ花。華やかな女性のたとえにされる。

アムネリア宮 建【クム】 オロイ湖畔の離宮。アムネリスが一時幽閉されていた。

アムネリア塔 建【新ゴ】 イシュトヴァーン・パレスの中央の塔。アムネリスの幽閉のために建設され、周囲から厳重に隔離されていた。

アムネリス・ヴラド・モンゴール 女【モン】 モンゴール大公にしてゴーラ王妃。イシュトヴァーンの妻。ドリアンの母。緑の瞳、金髪、色白で大柄な美女。トーラス政変でイシュトヴァーンに降伏し、身重の身でアムネリア塔に監禁され、獄中で自力でドリアンを出産した直後に自害した。

アムブラ 地【パロ】 東クリスタル区の中心。猥雑な活気あふれる下町。かつては私塾が集まる学生の町でもあったが、弾圧後に教師や塾頭たちの多くが去っていった。

アムブラ市民軍（アムブラ義勇軍） 軍【パロ】 パロ内乱時にアムブラの若者で組織された軍。のちのクリスタル義勇軍。

アムラン　男【沿】　《ニギディア》号乗組員。ダリア出身。グロウとサロウの弟。

アモン　神　この惑星の中心部に巣くう巨大な竜。

アモン　男【パロ】　前王太子。レムスとアルミナの息子。正体は邪悪な精神生命体で、カル＝モルによってグル・ヌーから取りだされ、レムスを経由してアルミナの胎内に移り、誕生した。誕生時は実体を持たなかったが、クリスタル・パレスの人間を食して成長し、数カ月で色を変える瞳や髪を持つ美少年へと変貌した。強力な魔力の持ち主。グインの策略により星船に閉じこめられ、宇宙空間を漂流させられている。

アライン　地【パロ】　マルガ街道沿い、イラス平野の北端付近の都市。

アライン街道　地【パロ】　クリスタルから南に下り、アラインを通る街道。

アラス　地【モン】　トーラス郊外の淋しい町。

アリアドナ　女【パロ】　建国王アルカンドロスの第一王女。故人。

アリーナ　地【新ゴ】　北部の城砦都市。

アリーナ　地【パロ】　マルガ近くの小さな集落。リリア湖北端。

アリオン　男【モン】　カダイン伯爵。黒色騎士団長。

アリサ・フェルドリック　女【新ゴ】　フェルドリック・ソロンの長女。澄んだ青い瞳、黒髪。敬虔なミロク教徒で、父の仇であるイシュトヴァーンを殺害しようとしたが果たせず、そのまま彼の身辺の世話をしている。十七歳。

アリシア星系　地【外】　惑星ランドックの属する星系。

アリス　女【モン】　《煙とパイプ》亭のダ

ンの小柄な妻。

アリストートス 男【モン】 背骨の曲がった片目の醜い小男の軍師。処刑された後、イシュトヴァーン弾劾裁判で怨霊となってサイデンに憑依し、その口を借りてイシュトヴァーンの旧悪を暴いた。

アリン 男【カナ】 子爵。黒い目、生まれつき不自由な体。センデに失恋して殺害した。故人。

アル・ジェニウス 語【パロ】 聖王をあらわす最高の尊称。

アル・ディーン 男【パロ】 パロの王子にしてケイロニアのササイドン伯爵。吟遊詩人マリウスの本名。オクタヴィアの夫、マリニアの父、アルド・ナリスの異母弟。茶色の巻毛、茶色の目。妻と娘とともに黒曜宮で暮らしていたが、ナリスの死の知らせにケイロニアを出奔し、それをきっかけとして妻と別れ、爵位を返上した。グイン探索隊に私人として同行。

アル・リース 男【パロ】 アルドロス三世参照。

アルヴァイラ宮 建【パロ】 クリスタル・パレスの西側の小宮殿。ベック公爵邸。

アルヴィウス 男【モン】 モンゴールの将軍。ルキウスの父。トーラス戦役後に処刑された。

アルヴォン 地【モン】 ケス河沿いの砦。城主はリカード。地元の開拓民の子弟が中心の警備隊が守る。現在は放棄された。

アルーン 地【自】 パロ南東の森林地帯。カナンの時代に栄えた宿場がある。

アルカンドロス 男【パロ】 建国王。歴代の聖王の即位に際して、霊位として《承認の儀》を行なうと云われる。

アルカンドロス大橋 建【パロ】 クリスタ

ル市の橋。

アルカンドロス大広場　地【パロ】　クリスタル・パレスの東の広場。祭典や異変のたびに人々が集まる場所。東大門前にアルカンドロス大王の巨大な石像がある。

アルカンドロス門　建【パロ】　アルカンドロス広場とクリスタル・パレスのあいだの門。東大門。

アルク　動　うさぎよりやや大きな動物。

アルゴス　地【アル】　草原の騎馬民族の王国。国王はスタック。パロ聖王家と長年の婚姻関係を続けてきた。パロ内乱には不介入。

アルゴス義勇軍　軍【アル】　スカールが率いる騎馬民族による軍隊。グル族中心。正規軍ではない。パロ内乱において一時ナリス側に参加し、のちにイシュトヴァーン軍を奇襲。

アルゴン　地【新ゴ】　東部の都市。

アルザイ　植　実は食用でたっぷりと汁気を含んでいる。

アルシア　女【パロ】　ラカンの娘。

アルシス　男【パロ】　アルド・ナリス、アル・ディーンの父。アルド・ナリスの前の古代機械のマスター。

アルセイス　地【新ゴ】　旧ユラニアの首都。イシュタールから馬で半日。現ゴーラ王国の経済の中心、商業の都。首都としての機能をかなり残している。

アルディウス　男【パロ】　王立学問所のヤーン研究の書「ヤーンについて」の著者。

アルティナ・ドウ・ラーエ　地【鏡】　ハイラエ、蛟が池のほとりにあるという村。

アルド・ナリス　男【パロ】　神聖パロ王国初代聖王。クリスタル大公、カレニア王、マルガ伯爵。リンダの夫、アル・ディーンの異母兄。つややかな長い黒髪、闇の瞳、色白で長身の絶世の美男子。拷問により体の機能のほとんどを失い、公務を退いて隠居生活を送っていたが、ヤンダル・ゾッグに憑依されたレムスに対して反乱を起こし、神聖パロ王国を建国した。マルガ攻防戦でイシュトヴァーンの捕虜となって体調を悪化させ、グインに古代機械の秘密を託して息を引き取った。享年三十一歳。

アルドロス三世 男【パロ】 先々代聖王。レムスとリンダの父、ターニアの夫。黒竜戦役で惨殺された。

アルドロス二世 男【パロ】 先々々代の聖王。アルドロス三世、アルシスの父。故人。

アルノー 男【パロ】 パロ魔道師ギルドの中級魔道師。ナリスの忠臣。ヤンダル・ゾッグにより墜落死させせられた。

アルバ山 地【新ゴ】 ユラ山地の最高峰。

アルバタナ 地【新ゴ】 中部の都市。

アルバナ 地【沿】 南レント海の群島。ダリアの南、ゴア列島の北。沿海州と南方諸国の境で南方の人種が多い。南ライジア島が最も大きく人口も多い。

アルバヌス二世 男【パロ】 第三王朝中期の名君。文化王。マルガを愛し、「マルガ保護法」を制定した。故人。

アルフ 神 いたずら好きの水妖。ドライドンの部下。

アルフ 神 首から上だけの姿で生きていたという王。

アルフェットゥ 神【ノス】 セム族の神。気高く優しい砂漠の守り神。毎日、日没前に夜の捧げ物の儀式が行なわれる。

アルフェットゥの庭（アルフェットゥの岩場） 地【ノス】 ラク村の東北の方向に広がる岩場。

アルフリート・コント　男【パロ】　子爵。ヤヌス教団内で異端事件を起こした。故人。

アルマリオン　男【ケイ】　金狼将軍。十二神将中の最長老。

アルミス　男【パロ】　第六十七代聖王。マルガを直轄領とし、リリア湖に女神荘を建てた。故人。

アルミナ　女【パロ】　前王妃。レムスの妻、アモンの母。アグラーヤ出身。青い瞳、金髪の巻毛、ばら色の頬。アモンが胎内にいるときから精神を乗っ取られ、その誕生が原因となって精神を病んでしまい、実母の看護のもとに療養中。

アルム　地【パロ】　シュクの南の村。

アルムト　地【自】　パロの東にある都市。

アルラン　男【パロ】　カラヴィア伯爵。アドロンの末弟。

アルリウス　神　神話上の人物。

アルレイク橋　建【カナ】　カナン市の橋。

アレイエ　地【ケイ】　サルデス近郊の都市。

アレクサンドロス　男【パロ】　古代の賢者。アルカンドロス大王を助けてパロの礎を築いた。獣頭であった、空からやってきた、古代機械を完璧に使いこなした、などの様々な伝説がある。

『**アレクサンドロス備忘録**』　書【パロ】　アレクサンドロスの著作。自らの恋についても語っている。

アレス　男【ケイ】　サルデス侯爵。小柄できんきんした声。

アレスの丘　地【パロ】　クリスタルの北西、ルーナの森の西南の丘。

アレナ通り　地【モン】　トーラスの下町の通り。トーラスのはずれから二モータッドほど。飲食店や商店が軒をつらねる。

アン・リン　男【新ゴ】　イシュトヴァーン

親衛隊の騎士。

アンギウス 男 【パロ】 準男爵。ケーミの地主。

暗黒王朝 魔 闇の魔道が支配する王朝のこと。

『暗黒祈禱書』 書 ドール教団の書物。『異次元をのぞく秘法』などについて記されている。

暗黒魔道師連合 社 【キタ】 グラチウスにより黒魔道師、土地神などの勢力を反ヤンダル・ゾッグを目的として同盟させた組織。

暗殺教団 社 【キタ】 望星教団参照。

アンサの宿屋 建 【パロ】 ダウンの村の宿屋。

アンテーヌ 地 【ケイ】 十二選帝侯領の一。領主はアンテーヌ侯爵アウルス・フェロン。ノルン海に面する。

アンテーヌ侯爵 位 【ケイ】 十二選帝侯の一。アウルス・フェロン参照。

アンテーヌ子爵 位 【ケイ】 アウルス・アラン参照。

アンテーヌ水軍 軍 【ケイ】 アンテーヌ侯爵がたばねる水軍。

アントニウス 男 【不】 戯曲「月の王」の作者。

アンリー 男 【パロ】 マルガ離宮での近習頭。

イアラ 女 【ケイ】 ディモスとアクテの長女。金髪のおさげ髪。

イーヴァ 動 水ダコ。沿海州では「海の魔物が生んだ子」と呼ばれている。

イーヴァ 女 【ヴァ】 チチアの有名な娼婦。イシュトヴァーンの母。故人。

イーラー 動 蛇。

イーラ街道 地 【パロ】 クリスタルからアレスの丘を通りイーラ湖へ向かう街道。

イーラ川　地【パロ】　イーラ湖の近くを流れる川。

イーラ湖　地【パロ】　国内最大の湖。クリスタルの北。非常に美しい風光明媚な場所。周辺は比較的森が多く、それほど発展していない。

イーラス　地【パロ】　イーラ湖畔の小さな村落。

イーラル　動　クジャク。

イエライシャ　男【モン】　ドールの黒魔道師から白魔道師に転身した魔道師。三大魔道師に次ぐ力を持つと云われる《ドールに追われる男》。ルードの森の結界を住処としている。約一千歳。

イグレック　神　ヤヌス十二神の一。

イグレック神殿　建【パロ】　ジェニュアのヤヌス大神殿の近くにある神殿。

イグレック歩兵隊　軍【新ゴ】　十二神騎士団の一。歩兵隊。

イサ　男【ノス】　セムのラク族。クルアの父。

石切場通り　地【ライ】　ジュラムウの通り。若者の集まる居酒屋や食堂、賭場がある。

イシュタール　地【新ゴ】　バルヴィナを改造して建設された首都。中央に宮殿イシュトヴァーン・パレスがある。「希望の都」と通称される。まだ建設途上。

イシュトヴァーン　男【新ゴ】　初代王。アムネリスの夫、ドリアンの父。黒い長髪、黒い目、細身の長身。残虐王、殺人王として恐れられている。トーラス政変でモンゴールを再び滅亡させ、続いて自ら兵を率いて参戦したパロ内乱でもマルガ奇襲により神聖パロ王国を事実上壊滅させた。帰国後、モンゴールで起こった反乱の鎮圧に向かった先で記憶を失ったグインを捕らえた。

イシュトヴァーン　男【沿】　歴史上の英雄

王。

イシュトヴァーン・パレス 建【新ゴ】 イシュタールに建設されたイシュトヴァーンの居城。旧バルヴィナ城を改築した。帝王宮、アムネリア塔、後宮などがある。

一級魔道師 魔 魔道師ギルドから一級免許をもらった魔道師。ルーン文字のサークレットをつける。

イド 動【ノス】 半透明の怪物。うねうねとうごめき、谷間に充満し、人肉などを食う。

稲妻号 動【草】 伝説の名馬。フェリア号の先祖。

犬の谷 地【ノス】 ラクの村にほど近い谷。

イフィゲニア 地【沿】 大きな港町がある島。

イフリキア 地【沿】 沿海州連合の一国。パロ内乱時にはナリス側を支持。

イボー 動 イノシシ。

イラ 男【カナ】 センデの知りあい。故人。

イライラ 動 蚊。

イラス 女【新ゴ】 年配の女官。ドリアンの乳母。

イラス 地【パロ】 北部の地方。

イラス大橋 建【パロ】 クリスタル・パレスと南クリスタル区を結ぶ橋。

イラス街道 地【パロ】 北部からマルガに通じる街道。

イラス川 地【パロ】 イーラ湖から南東へ流れ、自由国境地帯の山奥の無名の湖に流れ込んでいる川。

イラス平野 地【パロ】 イーラ湖の南から、サラミス、マルガあたりにまで広がる平野。緑豊かで美しい《パロの穀倉》。

イラナ 神 勇敢な軍装の美女神。

イラナ大通り 地【モン】 トーラス最大の繁華街。

イラナ騎士団　軍【新ゴ】　ゴーラの軍隊。十二神騎士団の中核。二千人。

《イラナ》号　動【新ゴ】　イシュトヴァーンの愛馬の一頭。葦毛の若い馬。

イリアン　地【クム】　中部の都市。

イリアン　地【パロ】　国境に近い寒村。《魔の胞子》に冒された貴族の治療のための特別療養所が設けられた。

イリス　女【ケイ】　オクタヴィア・ケイロニアスがかつて名乗っていた偽名。

イリス　神　聡明な蒼ざめた月の女神。

イリス騎士団　軍【新ゴ】　十二神騎士団の中核。

イリス神殿　建【パロ】　ジェニュアのヤヌス大神殿の近くにある神殿。

イリスの間　建【パロ】　紅晶宮内の一室。バルコニー《恋人たちの庭》がある。

イリス橋　建【パロ】　クリスタル・パレスの西側、ランズベール川にかかる橋。

イルダ　男【カナ】　南アールス町の顔役。ナンナの父。故人。

イルム　男【モン】　黒騎士隊長。ノスフェラスで戦死。

イレーニア　神　アエリウスがトゥーゴラスの死海で助けたまぼろしの姫。

イレーン　地【自】　サンガラの都市。人口七、八万の閑静な商業都市。精神的指導者としてミロク教の僧侶がいる。

イワヒユ　植【ノス】　食用。

イワモドキ　動【ノス】　岩に化けて襲いかかる怪物。

インガルスの竜人族　族　ヤンダル・ゾッグの属する一族。《調整者》に故郷の星を追われた。

インチェス・ノバック　男【ライ】　二百人を率いる海賊。《赤い伯爵》。ラドゥ・グレイの義兄弟だが裏切った。

ヴァーノン 男【モン】 伯爵。元スタフォロス城主。故人。

ヴァーラス 地【北】 ナタール大森林の北の湖沼地帯。謎の部族である湖人、沼人がとざされた小さな王国を作っていると云われる。

ヴァイキング 族【タル】 ノルンの海を主な縄張りとする一族。

ヴァイルス 男【ケイ】 将軍。衛兵長官。

ヴァシャ 植 とげだらけの葉と真っ赤な実の低木。中原では野性で生えている。実は一般的な食物。

ヴァラキア 地【ヴァ】 沿海州連合に属する古い公国。領主はヴァラキア大公ロータス・トレヴァーン。首都はヴァラキア。

ヴァラキア 地【ヴァ】 公国の首都。港町。

ヴァラキア公爵（**ヴァラキア大公**） 位【ヴァ】 公国の長。領主。ロータス・トレヴァーン参照。

ヴァリア 女【ケイ】 伯爵夫人。女官長。

ヴァルーサ 女【ケイ】 グインの愛妾。

ヴァレリウス 男【パロ】 宰相にして上級魔道師。灰色の目、小柄。ナリスの随一の腹心として彼を助けてパロに対し反乱を起こした。反乱終結後はナリスの死に深く傷つきながらも、内乱で疲弊しきった祖国の復興に向けて精力を傾けている。現在、リンダの命によりグイン探索隊に魔道師部隊を率いて同行中。

ヴァン 男【沿】 《ニギディア》号乗組員。

ヴィーヴィー 動 白鳥。ローデスの湖沼地帯とマルガとのあいだを渡る。

ヴィール・アン・バルドゥール 男【ケイ】 子爵。故人。

ヴィエンナの店 建【モン】 トーラスの有

名な男娼窟。

ウィレン山脈　地【草】　中原と草原とを隔てる山脈。世界の屋根。

ウー・リー　男【新ゴ】　イシュトヴァーン親衛隊長。

ヴーズー　魔【南】　南洋諸島から南方大陸にかけて盛んな魔道。

ヴーズーの魔道師　魔【南】　ヴーズーの魔道を操る者。麻布のトーガと何本ものまじない紐を身に付けている。呪術を得意とする。

ウーラ　怪【ノス】　巨大な純白の狼王。前狼王ロボの息子。ガルムの血を引くため、さまざまな魔力を持つ。

ウォルドリア星系　地【外】　星船ランドシアに捕らえられていた竜頭人身の種族の出身星系。

ヴォルフ伯爵　位【ケイ】　アウス参照。

ウォン　男【ケイ】　サルデス騎士団の大隊長。

うそつきどり　動　カッコウ。ほかの鳥の巣に卵を産み落として育てさせる。

宇宙の種子（宇宙の胎児）　族【外】　アモンの属する精神生命体の種族。増殖と拡大のみを欲望とし、独特な文明を築いてきた《宇宙の寄生生物》。肉体や精神などのエネルギーを食料とし、宇宙を種子としてただよい、適当な場所に寄生して育つ。

空蟬の術　魔　自分の身代わりにマントなどを立てておいて姿をくらます。

ウパールンギ　怪【キタ】　ヤンダル・ゾッグのあやつる巨大なクロウラー。灰色がかった胴体、オレンジ色と茶色の斑点、二本の触角、巨大な牙のならぶ口。

海鳴り通り　地【ライ】　ジュラムウの通り。《波乗り亭》などの居酒屋が立ち並ぶ。

ウミネコ島 地【沿】 南レントの小さな岩礁。ライジアから南へ向かう航路のナントとゴアとの分岐点。

《海のイリス》号 交【ライ】 ラドゥ・グレイの四番手の船。七百ドルドン。八十五人乗り。船長はバルマー。

海の兄弟 族【沿】 沿海州の船乗りの総称。

海のさすらい人 神 たった今まで生活していた痕跡を残しながら、無人の船として港に入ってくる呪われた幽霊船。

海人 神 ニンフに愛された伝説の人物。

海ブクロ 動 珊瑚礁に住むぶきみな生物。刺されるといつまでも火ぶくれが残る。

海ムカデ 動 珊瑚礁に住むぶきみな生物。刺されるといつまでも火ぶくれが残る。

海モグラ 動 ナマコ。

ヴラド・モンゴール 男【モン】 元大公。アムネリス、ミアイルの父。一代でモンゴール大公国を築き上げた。故人。

ヴラドの間 建【モン】 金蠍宮の一室。主宮殿の脇の別棟一階の大広間で、イシュトヴァーン弾劾裁判が開かれた。

ウリュカ 怪【鏡】 ハイラエの女王。カリューの母。目に見えぬ闇の兵士を操って国を治めている。定期的に産卵する。

ウリュカの闇宮殿 建【鏡】 ウリュカの宮殿。もやもやと黒い闇が宮殿のかたちにわだかまっている。

ウルス 男【自】 赤い街道の盗賊の元首領。故人。

ヴロン 男【モン】 伯爵。ノスフェラスで戦死。

エイシャ 女【ノス】 ノスフェラスでグインの前に現われた女。正体は魔道師アブラヒムに操られた木彫りの人形。

エイミア 女【ユラ】 公女。オル・カンの長女。紅玉宮事件にて死亡。

エウリウス　[男]【パロ】　男爵。近衛騎士団長官。

エウリュピデス　[男]【ノス】　ユリウス参照。

エニス　[男]【パロ】　アルド・ナリスの小姓。マルティニアスにより殺害された。

エネルギー・パターン　[科]　個人それぞれのもつエネルギーのパターンのこと。カイザー転移先での再構成のためのデータなどにされる。

エピドス　[男]【パロ】　クリスタル・パレスの名司厨頭。

エマ　[女]【アル】　王妃。スタックの妻、スーティンの母。

エラート　[地]【パロ】　南イラス川沿いの村。

エリサ　[女]【パロ】　アル・ディーンの母。ヨウィスの民の血をひくと云われる。故人。

エリス　[植]　実と葉をすりつぶしてはちみつ酒などを割るのに使う。

エリス　[神]　裏切りと憎しみの神。

エリッシマ　[植]【カナ】　小さな白い花。花冠を編んで遊ぶ。

エリット　[神]　知恵の女神。

エリナ　[神]　美しい妖精。

エリニア　[植]　黄金色のはちみつが採れる花。

エリノア　[女]【パロ】　マルガ市長夫人。

エル　[男]【モン】　イシュトヴァーンがノスフェラスの戦いで名乗った偽名。

エルザイム　[地]【新ゴ】　ケイロニアとの通商の要の都市。

エルス号　[動]【ケイ】　グインの愛馬の一頭。膝下を除く全身が黒く、額のところに白い星がある。フェリア号の兄弟だが、やや小柄。

エルダゴン　[神]　ダゴン三兄弟の末弟。

エルハン　[動]　象。南方に住む珍しい巨獣。

エルファ　地【パロ】　イーラ湖の西の森の中に位置する宿場都市。砦に千人の国境警備隊が詰めている。

エルファ街道　地【パロ】　シュクとエルファを結ぶ街道。

エルミア　語【カナ】　カナンの言葉でクジャクのこと。

エレナ　女【パロ】　ルナンの妻、リギアの母、ナリスの乳母。故人。

エン　女【カナ】　イルダの妻。故人。

沿海州　地【沿】　中原の南、レント海沿岸の諸国。人々はやや小柄で、肌は浅黒い。小国が多く、沿海州連合を形成している。外交上手。ドライドン信仰が盛ん。

沿海州会議　社【沿】　沿海州連合諸国の見解を決める会議。中原で唯一の国家連合会議。

沿海州連合　社【沿】　沿海州諸国の連合。

エンゲロンの水魔　怪【モン】　イェライシャがルードの森の自らの結界を守らせていた水魔。青いゼリーのような質感で、手などを入れると食いついて離さない。

遠視の術　魔　遠目の術参照。

エンゼル・ヘアー　動【ノス】　白くふわふわと砂漠を漂う不思議な生物。

遠話　魔　心話参照。

オヴィディウス　男【パロ】　聖騎士侯。王室衛兵隊長。ミネアの兄。王党派の武将の筆頭。ルナンの部下によって殺害された後にゾンビーとなり、グラチウスの魔道により崩壊した。

王宮騎士団　軍【パロ】　クリスタル・パレスを守護する軍隊。パロ内乱ではレムス側。

黄金宮殿　建【ケイ】　黒曜宮の主宮殿。黒曜宮では最大の宮殿で、特別の祭典では祝宴の間として使われる。

王室医師団　社【パロ】　聖王家専属の医師団。

王室騎士団（王室衛兵隊）　軍【パロ】　王室を警護する軍隊。銀色と赤の鎧。前隊長はオヴィディウス。パロ内乱ではレムス側。

王室歩兵隊　軍【パロ】　王室を警護する軍隊。歩兵のみ。

王室魔道士騎士団　軍【パロ】　王室に仕える魔道師隊。魔道師ギルドから派遣されているものと、そうでないものがいる。

黄色騎士団　軍【モン】　五色騎士団の一。

王立学問所　建【パロ】　クリスタル・パレスの南側にある、聖王家が設立した学問所。各国からの留学生がいる。パロ内乱ではレムス側を支持した。

黄蓮の粉　医　黒蓮の眠りを中和する薬物。

オー・エン　男【新ゴ】　ファイ・イン隊の平隊士。

オー・ラン　男【ユラ】　将軍。〈青髭〉。故人。

おおいなるものたち　族　古きものたち参照。

大口　動【ノス】　ビッグマウス参照。

大食らい　動【ノス】　口だけのように見える怪物。

オーダイン　地【モン】　南部の都市。ヴァシャの産地。モンゴールの中ではゆたかな沃野。

オーノ　男【キタ】　ヤンダル・ゾッグの部下の魔導師。故人。

大蛇首亀　怪【鏡】　ハイラエ、蛟が池の主。巨大な蛇の首と頭を持つ巨大な亀。カリューによって《蛟神》と偽られた。

オーム　語【ノス】　セム語で人間のこと。

大虫　動【ノス】　グル・ヌーに住む怪物。多くの触手と絨毛をもつ、巨大なクラゲのような半透明の生物。

オーラ 魔 人の放つ《気》、気配。個人に固有で、精神状態によって変動する。通常は見えないが、魔道師には見える。

オーロール 地【外】 宇宙の果てにある。

オーロック 地【ケイ】 アトキア侯爵領の城砦都市。

オクタヴィア 女【不】 歴史に名高い女王。

オクタヴィア・ケイロニアス 女【ケイ】 皇女。アキレウスとユリア・ユーフェミアの長女、アル・ディーンの妻、マリニアの母、シルヴィアの異母姉。月の光の銀髪、青い瞳、すらりとした長身の美女。トーラスの下町で身分を隠して生活していたが、中原情勢の悪化に伴いサイロンに移り、父とともに星稜宮で暮しはじめた。その後、夫の出奔により夫婦別居状態になり、話し合いにより事実上の離婚が決定した。

オシルス 男【パロ】 伯爵。ルナの父。

オドネス 男【パロ】 エルファ砦駐留守備隊長。

鬼の金床 地【ノス】 ラクの村の南の岩場。鉄鉱石の混じった岩盤が広がっている。

鬼火の術 魔 熱を持たない青い火をともす初歩の術。

オフィウス 神 詩人。メディウスの兄。妻をたずねて黄泉に下り、歌を歌ってガルムを眠らせた。

オリー 女【モン】 《煙とパイプ》亭の女主人。ゴダロの妻。オロとダンの母。料理名人。

オリー・トレヴァーン 男【ヴァ】 ロータス・トレヴァーンの弟。男色家。病気のため公務から退いた。

オルドス 神 神話に登場する氷窟。

《オルニウス号》 交【ヴァ】 ヴァラキアの第一の軍船。かつてカメロンが船長を務めていた。

オロ　男　【モン】　黒騎士。ゴダロの息子。スタフォロス城でグインを助けて戦死。

オロイ湖　地　【クム】　豊かな自然に恵まれ、水路として積極的に利用されている湖。

怨霊海　地　【ノス】　かつての白骨が原。星船ランドシアの離陸により、塵のようになった白骨の海で、すさまじい怨念に満ちている。

カ

カー　男　【ノス】　ドードーと並ぶラゴンの統治者。賢者カー。カーは称号であり、現在は不在。

ガーヴ　動　サメ。

ガーガー　動　カラス。カナンではドールの使いだとされた。伝書鳩のかわりもする。《屍食い鳥》。

ガース　男　【ケイ】　ツルミット侯爵。かたぶつ。

カースロン　男　【モン】　男爵。黒騎士隊長。故人。

ガードスーツ　具　星船の装具。白い霧状の物質で、体に付着して透明な膜となり外気温や大気汚染から保護する。

カール河　地　【ケイ】　ナタール大森林の中、ナタリ湖近くを流れる青く美しい河。

カーロン　単　【外】　星船の文明におけるエネルギーの単位。

カイ　男　【パロ】　ナリスの小姓頭。ナリスの死に際して殉死。享年二十一歳。

ガイーム　動　フタコブラクダ。南方に住む。

ガイウス　男　【パロ】　聖騎士伯。ユーラの父。

カイザー・システム　（カイザー転送装置、カ

イサール転送装置）　因　星船の文明、《超越者》の機械。空間を越えて物質を転送する装置。パロの古代機械と同種。短距離であればまず危険はないが、長距離の転移の場合、転移先の条件によっては転送者のデータが破壊される場合がある。

快楽の館　建【カナ】　カミーリアが経営する巨大な女郎宿。貴族たちが高額な金と引き換えに密かに変態的な欲望を満足させる。

カイラス　男【パロ】　秘書官。ヴァレリウスの右腕。

ガイルン　地【モン】　ユラニアとの国境に接する城砦都市。

ガウス　男【パロ】　カリナエ小宮殿の家令。六十歳過ぎ。

ガウス　男【ケイ】　准将。《竜の歯部隊》隊長。明るく青く鋭い目、小柄。

カウロス　地【草】　北部の公国。パロ内乱ではレムス側を支持。

鏡が原　地【ノス】　怨霊海の周囲の砂地。光る鉱石のかけらが混じっているため、太陽光の照り返しで鏡面のようにまぶしい。

下級魔道師　魔　魔道師ギルドから免許をもらった魔道師のうち、三級以下のものを指す。

拡音の術　魔　声を四方に大きく増幅して響かせる術。

学問の塔　建【パロ】　クリスタル・パレスの塔。学者がこもって研究している。

影の回廊　魔　闇の回廊参照。

ガザ　地【新ゴ】　西南部の都市。

ガジガジ貝　動　湖の貝。《髪の毛藻》がへばりついている。

カシス　神　学問の神。矢を持っている。

カシスの矢の陣形　軍【ケイ】　《竜の歯部隊》の第三陣形。

風ヶ丘　[地]【ケイ】　サイロンを囲む七つの丘のひとつ。光ヶ丘の南側、双ヶ丘の隣。黒曜宮がひろがる。

風の森　[地]【パロ】　マルガの北西郊外、リム付近の森。

風待宮　[建]【ケイ】　サイロン市内の小宮殿。外国の重要使節が到着した際、黒曜宮に入る前に体を休めるための場所。

カダイン　[地]【モン】　南部の都市。ヴァシャの産地。モンゴールの中ではゆたかな沃野。

カダイン伯爵　[位]【モン】　アリオン参照。

ガッツ　[男]【ライ】　ジックの部下。

ガティ麦　[植]　黄金色の穂を持つ麦。収穫は秋。粥にしたり、かるやきパンなどにして食す。

ガトゥー　[動]　クジラ。コーセアの海、南の海に住む。

カナリウム　[地]【ハイ】　イェライシャの出身地。

カナリウムの青年　[神]　ボッカを見ているうちにカナン帝国の滅亡を迎えてしまったという青年。

カナン　[地]【カナ】　史上はじめて中原を統合した古代の大帝国。人口二千万。繁栄の絶頂を極めていたが、星間戦争による侵略と星船の墜落により三千年前に滅亡し、中心部はノスフェラスへと変貌を遂げた。

カナン　[地]【カナ】　帝国の首都。

カナン織　[芸]　カナン発祥の織物の様式。

『カナン滅びの書』　[書]　カナン滅亡の様子を記した書。『第三の滅びの書』などからなる。

カナン様式　[建]　カナン時代に確立された建物の様式。古代カナン、新カナンの二様式に大別される。

ガネーシャ 神 鼻のさきに長い尾のようなものをぶらさげた神。

カバルス 動 ホタテ貝。

カブ 男【モン】 アレナ通りの住人。

ガブール 地【自】 シロエの森林地帯の南、ハイナムの東に広がる大密林。

カミーリア 女【カナ】 快楽の館の女主人。シュムラトの愛人。

髪の毛藻 植 貝にへばりつく湖の藻。

神の道具 魔 予知者の別名。神が自らの意志を通じるために体を借りるとされることから呼ばれる。

カムイ湖 地【クム】 東部の湖。

カメロン 男【新ゴ】 公爵にして初代宰相。黒髪、黒い瞳、口髭、鋼のような長身。ヴァラキア海軍提督時代からイシュトヴァーンを息子のように愛しており、彼に代わってゴーラ王国の政務の実質的な最高責任者として一切を取り仕切っている。

かもめ亭 建【沿】 ダリア島の店。ナナが経営。

ガヤ 地【クム】 国境の城砦都市。

ガユス 男【モン】 派遣魔道士ギルド所属の一級魔道師。イシュトヴァーン弾劾裁判に証人として出廷。

カラヴィア 地【パロ】 最南部の自治領。ダネイン大湿原の北。「パロのなかの南国」と呼ばれている南の要衝。国民皆兵の思想をつよく持ち、五万の騎士団をかかえる。領主はカラヴィア公爵アドロン。

カラヴィア公爵 位【パロ】 カラヴィア自治領の領主。大貴族で、王族に匹敵する発言権を持つ。紋章はダネインの水蛇と蓮の花。アドロン参照。

カラヴィア公騎士団 軍【パロ】 カラヴィアの騎士団。パロの地方軍隊では最強。五万人。金色と黒の鎧兜。パロ内乱では最終的にナリス側についた。

カラヴィア子爵　位　【パロ】　アドリアン参照。

カラヴィア伯爵　位　【パロ】　アルロン参照。

カラム　植　実はは ちみつ酒に入れたり、カラム水の原料になる。

カラム　男　【ケイ】　ラムの弟。

カラム水　食　カラムの実を原料とするかぐわしい香りを持つえんじ色の飲み物。熱くしたり冷たくしたり、甘くしたりして飲まれる。

ガランス　男　【モン】　少佐。マルス・オーリウスの信頼する副官。ノスフェラスにて戦死。

カリス　男　【ケイ】　《竜の歯部隊》第一中隊長。ガウスの副官。

カリナエ小宮殿　建　【パロ】　クリスタル・パレス西側のカナン様式の宮殿。アルド・ナリスの居城。パレスの宮殿の中でも最も典雅な宮殿。

カリナシウス　男　【パロ】　男爵。イラス領カリナスの領主。

カリナス　地　【パロ】　イラス地方の都市。

カリュー　怪　【鏡】　ハイラエの蛇神。漆黒の髪、白い肌の美少年。額の中央に真青な第三の目を持つ。正体は小蛇で、偶然開いた鏡の回廊を利用してグインを鏡の国に連れ去った。

カリル　動　りす。

カリンクトゥム　神　この世のはて。《カリンクトゥムの扉》。大地も海もつきてどうどうと滝になって流れおちているとも、火の川が流れおちているともいう。

ガル　男　【パロ】　クリスタル義勇軍の副官。

カル＝モル　男　【キタ】　魔道師。グル・ヌーの瘴気により骸骨の姿となった。死霊となってレムスに憑依し、アモンを植えつけた後に消滅。

カル・ファン 男【パロ】 キタイ出身の学者。レムスの元腹心。故人。

カルゴ 芸【パロ】 甘やかなゆるい舞曲。

カルダー種 動【草】 草原の大柄な馬の種類。

カルト 男【パロ】 子爵。

カルトゥス 男【ケイ】 ロンザニア侯爵。

カルナ 女【パロ】 若い貴婦人。

カルホン 怪【沿】 クラーケンの仲間。ハリ・エン・センに異次元から呼びだされ、クルドの財宝を守っていた。塩をかけると消滅。

カルマ 男【ライ】 ラドゥ・グレイの部下。トラキア出身。

ガルム 神 長い尻尾をもつ地獄を守る犬。

オフィウスの歌によって眠らされた。

カルラ 女【パロ】 マルガ離宮の古参の侍女。

カルラア 神 音楽と歌の神。カナンでも信仰された。

カルラア神殿 建【パロ】 ジェニュアのヤヌス大神殿の近くにある神殿。

カルラア神殿 建【カナ】 夏の花祭りで即興詩人のトーナメントが開催された神殿。

カルロス 男【パロ】 聖騎士伯。ルナンの部下。

カレナリア星系 地【外】 第三惑星の文明のエネルギーを有害生命体《ヨーグ》に吸い尽くされた星系。

カレニア 地【パロ】 中南部の自治領。カラヴィアとサラミスの間。森林地帯が広がる。人々は勇猛で素朴で忠実で質実剛健。

カレニア 女【カナ】 貴族の令嬢。

カレニア衛兵隊　軍【パロ】　パロ内乱においてナリス側に参加した軍隊。二千人。隊長はリュード・ハンニウス。勇猛で忠実。ごつい鎧兜。

カレニア王　位【パロ】　カレニア自治領の領主。アルシス王家の固有の称号。アルド・ナリス参照。

カレニア街道　地【パロ】　マルガからカレニアの森林地帯へと入ってゆく街道。

カレニア騎士団　軍【パロ】　パロ内乱においてナリス側に参加した有力な地方軍隊。カレニア衛兵隊とカレニア義勇軍を含む。指揮官はカレニア伯爵ローリウス。マルガ攻防戦で六割以上が戦死。

カレニア義勇軍　軍【パロ】　パロ内乱において、ナリス側に参加した軍隊。約一万人。半分以上は非軍人。

カレニア政府追討軍　軍【パロ】　パロ内乱でレムス側が派遣した軍隊。総司令官はファーン。聖騎士団の一部、国王騎士団などで構成。

カレニア伯爵　位【パロ】　カレニア王からカレニア領を預かる伯爵。ローリウス参照。

カロイの谷　地【ノス】　マルス・オーリウスの一隊が全滅した場所。

カローンの淫魔族　族　古代カナンの淫魔族。淫行を通じてひとのエネルギーを吸い取る。古代の魔道師たちによって退治された。

カロン　男【モン】　ミダの森の虐殺からデンを救出した若者。故人。

カロン　男【パロ】　パロ魔道師ギルドのギルド長にして大導師。

カン　植　クムの特産の柑橘系の植物。黄色い果汁はさまざまな料理で使われる。

ガン　男【パロ】　ナリスの部下。

ガング島　地【沿】　レントの海の島。地下洞窟に古代遺跡とそれを守る怪獣がいるという伝説がある。《フモール》がいた。

カンジンドン 男【パロ】 侯爵。

ガンダルス 男【パロ】 有名な建築家。マルガに賛辞を贈った。

カンドス・アイン 男【ヴァ】 伯爵。前港湾長官。

ガンド峠 地【新ゴ】 アルバ山とクロー山のあいだの峠。

カンパーブリア大森林 地【南】 太古からずっととざされているという大森林。

ガンビウス 男【新ゴ】 秘書長。

管理者 族【外】 この世界の均衡を崩すものを排除することを目的とする種族。《調整者》に属する。アレクサンドロスとグインをこの惑星に送り込んだとも云われる。

ギイ・ドルフュス 男【沿】 タリア伯爵。自治領タリアの領主。

キース 男【パロ】 ランズベール侯爵。金髪、青い目。父リュイスの死にともない跡を継いだ。八歳。

ギーラ 地【ケイ】 アンテーヌ選帝侯領の大都市。

ギール 男【パロ】 パロ魔道師ギルド所属の上級魔道師。

キクイ 動 サル。

騎士大通り 地【パロ】 クリスタル市西側の大通り。

騎士宮 建【パロ】 クリスタル・パレス内の宮殿。クリスタル・パレス防衛を目的とする各騎士団の兵士の砦。

騎士の塔 建【パロ】 クリスタル・パレスの塔。

騎士の広場 建【パロ】 クリスタル・パレス、騎士の門の外側に広がる大広場。

騎士の門 建【パロ】 クリスタル・パレス

の門。両側に騎士宮。西大門。

北アルム　地【パロ】　シュクの南にあるとされる魔道で作られた小村。レムスとグインの会談が開かれた。

キタイ　地【キタ】　中原よりも古い歴史を誇る東方の魔道国家。首都はホータン。人口一千万。黄色人種が中心。商人の国。十九年前からヤンダル・ゾッグによる圧政が始まり、魔都シーアンの建設と全世界への侵略が始まった。現在、青星党を中心として大規模な反乱が起こっている。

北クリスタル街道　地【パロ】　クリスタルからシュクを経由して北へ向かう街道。

北クリスタル区　地【パロ】　クリスタルの北側の地区。緑豊かな貴族たちの居住区で、ファーンやリーナスの私邸などの大きな邸宅が並んでいる。

北御門　建【パロ】　クリスタル・パレスの門。ランズベール門の内側。

北ジェニュア街道　地【パロ】　ジェニュアからケーミを経由してシュクへ向かう街道。

北パロス　地【パロ】　クリスタル、サラエム近辺を指す呼称。パロ南部に比べ、人々の感情表現は抑え目で、気質も暗い。

キタラ　具　中原でポピュラーな弦楽器。和絃を奏でる。

北ライジア島　地【ライ】　アルバナ群島の島。海賊たちの巣窟。南ライジアに比べると乱暴で治安が悪い。

キタリオン　具　弦楽器。物悲しい音を奏でる。

ギタン　男【パロ】　オヴィディウスの部下。故人。

騎馬の民　族【草】　つねに馬と行動をともにする民族。勇猛で信義に厚く、一度口にしたことは盤石の重みをもって守られる。

草原の神モスを信仰。

キム 男【新ゴ】 イシュトヴァーン親衛隊第二大隊長。

鬼面の塔 建【キタ】 ホータンの塔。

ミヤ 女【カナ】 アリンの下女。ムランの恋人。故人。

吸血ヅタ 植 ルードの森の植物。ぶきみな血のような色あいの葉。人に巻き付いて血を吸う。

ギュラス 怪【不】 ミノースの迷宮に住んでいた牛頭の怪物。ラゴールが巨大化したもの。

巨象騎士団 軍【ケイ】 白象騎士団参照。

巨象将軍 位【ケイ】 白象将軍参照。

ギラン 男【ケイ】 アトキア侯爵。老齢。

キリア 地【クム】 交易が盛んな都市。

ギリウス 男【パロ】 聖騎士伯。

錐の陣形 軍【新ゴ】 軍の陣形のひとつ。

ギルド裁判 魔【パロ】 ギルドの掟や魔道十二条に背いた魔道師ギルド員に対する裁判。どんな拷問よりも恐ろしいとされる。

ギルドの掟 魔【パロ】 魔道師ギルド員の禁忌を定めたもの。ギルド法や魔道十二条とともに魔道師ギルド員の行動を規制する。

ギルド法 魔【パロ】 魔道師ギルドのありようを定めた法律。

ギルド連盟 社【パロ】 各種ギルドの連盟。連盟長はケルバヌス。

金猿騎士団 軍【ケイ】 十二神将騎士団の一。団長は金猿将軍バルファン。

金猿将軍 位【ケイ】 十二神将の一。金猿騎士団の団長。バルファン参照。

銀河時 単【パロ】 古代機械で使用される時間の単位。ザンの約三倍。

銀河帝国 地【外】 星船ランドシアやランドックの属する帝国。超科学文明。

金蠍宮　［建］【モン】　トーラスの宮殿。大公の居城。非常事態には参謀本部となる大広間のある主宮殿、大公宮、将軍宮などがある。

金犬騎士団　［軍］【ケイ】　十二神将騎士団の一。一万人。十二神将騎士団の中でも黒竜騎士団と並んでもっとも勇猛、果敢とされる最精鋭。牙をむいた金色の犬の頭のついた兜、皮のマント、白に金色の鎧。団長は金犬将軍ゼノン。

金犬将軍　［位］【ケイ】　十二神将の一。金犬騎士団の団長。ゼノン参照。

金のヴァシャの冠　［具］【ケイ】　闘技会で優勝者に与えられる冠。

吟遊詩人　［社］　諸国を漫遊し、歌やキタラなどの音楽を奏でて暮らす人々。さまざまな情報の運び手ともなる。

金鷹騎士団　［軍］【ケイ】　十二神将騎士団の一。

銀曜宮　［建］【ケイ】　黒曜宮内、七曜宮に属する豪華で瀟洒な宮殿。

金狼騎士団　［軍］【ケイ】　十二神将騎士団の一。団長は金狼将軍アルマリオン。

金狼将軍　［位］【ケイ】　十二神将の一。金狼騎士団の団長。アルマリオン参照。

クィラン　［男］【パロ】　大佐。カラヴィア公騎士団第一大隊長。

グイン　［男］【ケイ】　王。ランドック廃帝。シルヴィアの夫。豹頭、トパーズ色の目、二タールを越える体格。グラチウスに誘拐されたシルヴィアを奪還し、彼女と結婚してケイロニア王位を与えられた。パロ内乱には自ら兵を率いて参戦し、古代機械と星船を利用してアモンを宇宙空間へ追放したが、長距離カイザー転移の影響で記憶喪失となってノスフェラスに帰還した。ルードの森で偶然出会ったイシュトヴァーンの捕虜となった。

クーダン 女【ノス】 セム、ラク族の老女。全セム族の中で最も年長。

空中歩行の術 魔 宙に浮かんで移動する初歩の術。かなり体力を消耗する。

グーバ 交【クム】 オロイ湖名物の小舟。

グーラグーラ 動 かぶと虫。

グール 男【沿】 《ニギディア》号乗組員。

グール 族【モン】 ルードの森に住む妖魅。生の人肉、動物の肉を食べる《屍食い》。長く痩せ細った四肢、全身を覆う黒茶色の長い毛の半人半妖。ルードの森にさまよいこんだ人間がノスフェラスの瘴気の影響で怪物となったものだと云われ、しばしば《死霊》と混同される。

ククー 動 鳩。

傀儡つかいの術 魔 他者の精神に憑依して傀儡とし、術者の意のままに操る黒魔道の術。また人形を操って人間と見せかける術。

ククルー 動 鳩。

狗頭山 地【ノス】 南西部に連なる山脈の中で一番高い山。

クム 地【クム】 ゴーラ三大公国の一。ユラニアについで長い歴史を誇る。現大公はタリク・サン・ドーサン。商業大国。快楽主義で、娼婦が多い。人々はキタイの血を引く黄色人種。高級茶、高級絹、銀の幅広の首飾り、薄い硝子、高価な陶器の茶碗が特産。

クム犬 動 小さな愛玩犬。

《クムの女神》号 交【沿】 南方の船。

グラ 男【ノス】 セム、ラク族の若い戦士。

クラーケン 怪 異次元や異星から来たといわれる怪物。たくさんの青黒い触手と、巨大な黒い丸い頭、一つ目、くちばしをもつ。

全長三～四タール程度。ノルンの海や南の海に棲む。

クライン　男【パロ】　先代のカラヴィア公爵。アドロンの父。故人。

クラウアスゴル山脈　地【南】　世界最高の山脈。

クラウス　男【ケイ】　子爵。ギランの次男。十六歳。

鞍掛けの丘　地【パロ】　ジェニュアの南西の丘。

グラチウス　男【ノス】　黒魔道師。三大魔道師のひとり。ミイラのような白髪の老人。ヤンダル・ゾッグの侵略に際し、《暗黒魔道師連合》を結成するなどして暗躍し、対抗した。約八百歳。

《グラッパドゥール》号　交【ライ】　六本指のジックの船。《ニンフの翼》号と戦って拿捕された。

グラディウス　男【ケイ】　伯爵。司政長官。

クラム　植　トマト。真っ赤な《太陽の果実》と呼ばれる。

クララ　女【ケイ】　シルヴィアのお気に入りの侍女。ランゴバルドの下級貴族の娘。アモンに操られていた。

クラルモン　怪【沿】　クラーケンの仲間。ハリ・エン・センに異次元から呼びだされ、クルドの財宝を守っていた。ゾンビーをあやつる。

グランド・マスター　位【外】　大導士参照。

クリスタル　地【パロ】　首都。世界に冠たる大都市にして芸術や文化の中心。人口二百万。イラス川とランズベール川によって、クリスタル・パレスのある中洲と東西南北の各区に分かれる。ヤンダル・ゾッグの支配によって荒廃し、現在復興作業が進んでいる。

クリスタル・パレス 建【パロ】 クリスタルの中洲にある聖王家の宮殿。七十以上の美しい塔と、主宮殿である水晶殿を始めとする多数の宮殿を持つ。常時二～三千人以上が勤務。パロ内乱直前からヤンダル・ゾッグの支配を受け、不気味な魔の宮と化し、壊滅的な打撃を受けた。

クリスタル街道 地【パロ】 ワルドとシュク、ケーミ、クリスタルを結ぶ街道。

クリスタル騎士団 軍【パロ】 クリスタルに駐留する騎士団。パロ内乱ではレムス側。

クリスタル義勇軍 軍【パロ】 アムブラの市民や学生を中心に結成された軍隊。パロ内乱でナリス側に参加し、ナリスの警護を行なった。隊長はラン。千人。マルガ攻防戦でほぼ全滅。

クリスタル公爵（**クリスタル大公**） 位【パロ】 王族中最高位の大貴族。文武の双方の最高位の統率者。王の最大の補佐役。アルド・ナリス参照。

クリスタル市護民騎士団 軍【パロ】 クリスタルに駐留する軍隊。市民の警護に当たる。長官はロイス。パロ内乱ではナリス側。

クリスタル庭園 建【パロ】 クリスタル・パレス内の庭園。パレスで最大の庭園。水晶殿の西。

クリスタルの丘 地【パロ】 クリスタルの南の丘。

クリスタルの塔 建【パロ】 クリスタル・パレスの西側にそびえる塔。ランズベール塔が焼け落ちたあとは身分の高い囚人の牢獄となった。

クリスタル平野 地【パロ】 クリスタル近辺の平野。

クリスタル魔道士団 社【パロ】 聖王に仕える魔道士の団体。

クリスティア・アウス・ア・ルーラン　[女]【パロ】　アウスの娘。栗色の髪。ルーラン出身。生まれつき膝から下が内側に曲がっている。ナリスと一夜をともにした後、自殺。

グル・ヌー　[地]【ノス】　ノスフェラスの中心にある《瘴気の谷》。カナン滅亡時に星船が墜落した場所で、放射能や怨念を含む瘴気を放ち、ノスフェラスの砂漠や数々の怪物誕生の源となった。星船ランドシアの離陸によって消滅し、巨大な湖となった。

クルア　[男]【ノス】　セム、ラク族の男児。イサの息子。

クルド　[男]【沿】　伝説の海賊。《皆殺し》クルド。ナントの島に財宝を隠した。故人。

クルドの財宝　[具]【沿】　伝説の海賊クルドがナントの島に隠した財宝。魔道師ハリ・エン・センの魔道によって守られていた。

クルドの洞窟　[地]【沿】　ナントの島の中央、黒山にある、クルドの財宝が隠された洞窟。ハリ・エン・センの魔道で封じられていた。

グレン　[男]【沿】　《ニギディア》号乗組員。

グロウ　[男]【沿】　《ニギディア》号乗組員。ダリア出身。サロウとアムランの兄。

クロウラー　[怪]　血吸い虫の化物。

クロー山　[地]【新ゴ】　アルバ山の南隣の山。

《黒カラヴィア》号　[交]【ライ】　かなりたちが悪い海賊の船。

黒騎士団　[軍]【モン】　五色騎士団の一。

グロス　[男]【ケイ】　伯爵。大蔵長官。

黒魔術　[魔]　魔道十二条で使用が禁じられている魔道の術。ドールの黒魔術。

黒魔道　[魔]　狭義では、魔道十二条に背いたドール教団を中心に発達した、混乱、人心の乱れなどの負のエネルギーを力の源とする魔道を指す。広義では、キタイなどを含む魔道十二条に縛られない魔道全般を指す。

ケイロニア 地 【ケイ】 世界最強を誇る中原北部の軍事大国。世界一富裕で治安の行き届いた連合帝国で、中央の皇帝直轄領と、それを取り巻く十二選帝侯領からなる。首都はサイロン。人々は北方人主が主で、真面目、実直を取り柄とし、不貞、不道徳を忌み嫌う。かつては多数の小国が覇を競いあっていたが、のちに最大の王国ケイロンを中心に統一され、現在のケイロニアとなった。

ケイロニア街道 地 【ケイ】 ケイロニアとパロを結ぶ街道。ケーミでゴーラ街道と合流。

ケイロニア月宝冠 具 【ケイ】 王妃の宝冠。日宝冠と大小の対。三日月をかたどった銀の板がはめこまれている。

ケイロニア熾王冠 具 【ケイ】 正式の王冠。

ケイロニア瑞宝冠 具 【ケイ】 皇帝の冠。巨大な紅玉のきらめく巨大な冠。

ケイロニア太陽王冠 具 【ケイ】 皇帝の冠。ケイロニア至高の宝冠。

ケイロニア日宝冠 具 【ケイ】 王の宝冠。月宝冠と大小の対。太陽をかたどった豪華な巨大な銀の円がはめこまれている。

ケイロニア略王冠 具 【ケイ】 まんなかに金剛石が埋め込まれた王冠。熾王冠よりかなり小さい。

ケイロン王国 地 【ケイ】 ケイロニア建国の中心となった王国。現在の皇帝直轄領。

ケイロン街道 地 【ケイ】 サイロンから南へ下る街道。

ケイロン古城 建 【ケイ】 サイロンの南、ケイロン街道沿いの古城。

ケイロンの神錫 具 【ケイ】 巨大な紅玉が埋め込まれている黄金の王錫。皇帝のもちいる三種類の最高権力者のあかしの一つ。国法により持ち出し禁止。
ケイロンのまさかりの第二陣形　軍【ケイ】　手前は縦二列、奥は縦十列の陣形。
ケイロン民族　族【ケイ】　ケイロニアの中心民族。
ケイロン様式　建　建物の様式。重々しさが特徴。黒曜宮がその代表。
ケーミ　地【パロ】　北部国境近くの大都市。重要な砦がある。
ケス河　地【ノス】　中原とノスフェラスを隔てる濃紺色の大きな河。数々の怪物や水妖がいる。
結界　魔　人の精神に働きかける場を生じさせ、人をその場から遠ざけたり、場の中の気配を消したりする一方、その場に入ってきた人間を感知することもできる術。魔道師に対しては物理的な障壁として働き、さまざまな魔道の術を防いだり、物の侵入や脱出を阻む壁ともなる。
結界陣　魔　結界を張るための陣。
結界破り　魔　黒魔道の術。白魔道師の結界を破るために、結界の外側に呪文を貼り付ける。
気配隠しの術　魔　自らの気配を隠し、姿を見えなくする術。
ケムリソウ　植　実を乾燥させて火にくべると破裂して煙を出すため、狼煙や祭などに使われる。
《煙とパイプ》亭　建【モン】　アレナ通りの小さな居酒屋。ゴダロとオリーの夫婦と息子のダンが経営。肉まんじゅうが有名。
ケルバヌス　男【パロ】　ギルド連盟長。
ケルロン　男【ケイ】　伯爵。官房長官。
ケルロン　男【ケイ】　准将。金犬騎士団所属。

ケント　男【パロ】　十年ほど前の近衛長官。

剣闘士　社【カナ】　剣士の資格。昇級試験の闘いに勝利すると級があがり、すぐれたものは御用剣闘士となれる。

ケントス峰（ケントス峠）　地【自】　サンガラ山地の山。峠を旧街道が通っている。

剣の誓い　宗　唯一無二の忠誠を騎士が誓う際の儀式。剣を引き抜いて刃を自分に向け、ひざまずいて相手に剣を差しだす。捧げられた者がそれを受け入れる場合には剣を受け取って刃に接吻し、向きを反対にして相手に返す。剣の誓いに準ずる動作として、生身の剣を自分の胸におしあてるものがある。

ゴア　地【南】　南レント海最大の列島。ランダーギアと沿海州の中継地点で、大きなゴアムーの港がある。未開の黒人種が住む。

ゴアムー　地【南】　ゴアの大きな港。

恋人たちの庭　建【パロ】　クリスタル・パレス、紅晶殿、イリスの間のまわりに張りだしているバルコニーの通称。

紅玉宮　建【ユラ】　アルセイスの宮殿。大公の居城。

航行法　社【外】　星船の航行のルールを定めた法律。

紅晶宮（紅晶殿）　建【パロ】　クリスタル・パレス、水晶殿内の南東の宮殿。真珠の塔がある。二級の催物が開かれる。宿舎は紅晶殿別館。

紅水晶の間　建【パロ】　紅晶宮内の一室。

皇帝直轄領　地【ケイ】　ケイロニアの中央を占める、選帝侯領をのぞく部分。

コー・エン　男【新ゴ】　イシュトヴァーン親衛隊第五小隊長。黒い目。

コーイー　動　ハイエナ。

コーガン　男【パロ】　ジェニュアの若手の

副司教。
コーコ　動　ろば。
ゴーゴンゾー　怪【モン】　ルードの森のイエライシャの結界を守る一つ目の頭だけの怪物。侵入者を追い払うために結ばれた映像。
コーセアの海　地【沿】　中原の南に広がる海。レントの海と接する。
コーディリア　女【ケイ】　女官長。口やかましい独身の老嬢。
コーネリアス　男【カナ】　カナン滅亡時の若い帝王。詩人王。金色の巻毛、青い瞳。故人。
コーネリウス　男【パロ】　カリナエ小宮殿の前執事長。ダンカンの兄。
コーム　男【パロ】　パロ魔道師ギルドの下級魔道師。ディランの部下。
ゴーラ　地【旧ゴ】　ユラニア、クム、モンゴールの三大公国から構成されていた帝国。サウル皇帝の死により消滅。
ゴーラ　地【新ゴ】　旧ユラニアを中心として建国された王国。首都はイシュタール。イシュトヴァーンのユラニア征服後、前ゴーラ皇帝サウルの亡霊に指名されたとして王座につき、国名をゴーラと改めた。その後のトーラス政変を機にモンゴールを支配下に入れている。ユラニア参照。
ゴーラ街道　地【旧ゴ】　ゴーラとパロを結ぶ街道。ケーミでケイロニア街道と合流。
ゴーラ三大公国　地【旧ゴ】　旧ゴーラ帝国を構成していたユラニア、クム、モンゴール各大公国のこと。ユラニアは滅亡してゴーラ王国となり、モンゴールはゴーラの属国となり、現在も残っているのはクムのみ。
コール　男【沿】　《ニギディア》号乗組員。操舵手。

国王騎士団　軍【パロ】　聖王直属の軍隊。二万人以上。名門の出の職業軍人で構成。

国王宮　建【パロ】　水晶殿の別称。

黒晶小殿　建【パロ】　クリスタル・パレス、紫晶宮の玄関に続く大広間。

黒太子　位【アル】　スカールに一代限り名乗ることを許された称号。

黒曜宮　建【ケイ】　風ヶ丘に建つ豪奢で重厚な宮殿。グインの居城。黄金宮殿を中心に、王妃宮、太陽宮、七曜宮、ルーン大庭園などからなる複雑な構造を持つ。

黒竜騎士団　軍【ケイ】　十二神将騎士団の一。ケイロニア最強の騎士団で、金犬騎士団と並んで勇猛、果敢で知られる。団長は黒竜将軍トール。黒地に竜の紋章の鎧、飛竜の頭部のついた兜。

黒竜将軍　位【ケイ】　十二神将の一。黒竜騎士団の団長。正装は黒と金の甲冑。トール参照。

黒竜戦役　軍【パロ】　モンゴール軍がクリスタルを奇襲し、一時パロを支配下に治めた戦い。当時のモンゴール大公ヴラドが、ヤンダル・ゾッグの魔道による助けを得て奇襲を成功させた。

黒蓮の粉　医　魔道師によって催眠の術などに使用される麻薬。使い方によって催眠効果、覚醒効果、麻酔効果それぞれがある。中毒性がある。

後催眠の術　魔　相手に強い暗示をかけ、後にあるキーワードなどを与えることによって術者の意志通りに行動するように仕向ける術。

五色騎士団　軍【モン】　モンゴールの軍隊。白、黒、赤、青、黄色の五隊からなる軍隊。トーラス政変ですべてゴーラ軍に制圧された。

五晶宮　建【パロ】　水晶殿の別称。

湖人　族【自】　ヴァーラス湖沼地帯に住む謎の部族。独自の風習を保った閉鎖的な小王国を作っていると云われる。

湖水祭　宗【パロ】　リリア湖の守り神リリア女神をたたえるマルガの祭。

古代カナン様式　建　カナンの時代に始まった建築の様式。この世でもっとも美しいと称される。美しい彫刻をほどこした円柱、優雅な回廊、美しい尖塔、大きなバルコニーが特徴。

古代機械　具【パロ】　クリスタル・パレス、ヤヌスの塔の地下に収められた機械。カイザー・システムと同種の機械で、型式はネオ・グランドカイサール総合人工知能NO．0336‐78950α型。パロ聖王家のうちひとりが代々マスターとして機械から指名されて操作を許されてきた。グインとアモンをノスフェラスに転送した後、活動を停止した。

五大騎士団　軍【モン】　五色騎士団の別称。

古代文明　歴　かつて銀河に覇をとなえた文明。大帝国を銀河一帯に築き上げたのち、異次元などに身を隠したと云われる。

ゴダロ　男【モン】　《煙とパイプ》亭の主人。オリーの夫、オロとダンの父。盲目。

コッカ　動　カモメ。

言霊しばりの術（**言霊の法**）　魔　相手から誓約の言葉を云わせることにより魂を呪縛し、相手が術者に逆らえないようにする術。

近衛騎士団　軍【パロ】　パロ聖王の身辺警護にあたる軍隊。真紅の肩章と胸帯。

コブス　男【新ゴ】　ゴーラ軍の兵卒。

ゴブラン織　芸　マルガ離宮の壁を飾る織物。

五芒星別館　建【ケイ】　黒曜宮の宮殿。一階にヤーンの目の間がある。

コム 神【カナ】 カナンの神。
コムの神殿 建【カナ】 カナンの神殿。
ゴラーナ 地【新ゴ】 北西部の都市。
コラン 男【沿】《ニギディア》号乗組員。気が強い。
ゴラン 男【ケイ】 ホルムシウス参照。
ゴラン 男【旧ゴ】 大僧正。
御陵の森 地【パロ】 聖王家の所有する森。
コルド 男【ヴァ】 博徒。《片目のコルド》。イシュトヴァーンの育ての親。
ゴルロン織 芸 クムの織物。高価で手の込んだ刺繍が施されている。
古レント民族 族【ライ】 ライジアの奥地で暮らしているという原始的な種族。
ごろつき魔道師 魔 魔道師ギルドに属さず、魔道十二条に従わない魔道師のうち、力量のないものへの蔑称。
ゴロン 動 豚。
コンギー 男【ライ】 海賊。《白髪鬼》。ラドゥ・グレイの右腕だが裏切った。

サ

サーティア 女【ケイ】 女官長。口やかましい独身の老嬢。
サーラ 女【ケイ】 ディモスとアクテの次女。金髪。
ザール 男【ライ】 ラドゥ・グレイの部下の海賊。
サイ・アン 男【新ゴ】 イシュトヴァーン親衛隊の騎士。
サイカ 怪 大導師アグリッパの結界に住む星兎。アグリッパが作り出した半生物。長い耳を広げて空を飛ぶことが出来る。
サイコ・パターン 魔 個人それぞれの精神のパターンのこと。古代機械や星船では個人の識別に使用される。

サイコ・バリヤー　魔　結界参照。

サイデン　男【モン】　モンゴールの宰相。トーラス政変で惨殺される。

ザイム　地【自】　クムの南にある都市。

サイリウム　地【ケイ】　サイロン近郊の小さな町。

サイレン　神　魅惑的な歌声で人を惑わす魔女。

サイロン　地【ケイ】　首都。世界最大の人口を誇る都市。なだらかな七つの丘に囲まれ、赤い街道によって四方と通じている。七つの丘それぞれに十二神将騎士団の宿舎を設けることにより鉄壁の守りを誇る。

サイロン街道　地【ケイ】　ケイロン街道参照。

サウル　男【不】　魔道師とおぼしき謎の老人。イレーンに現われた傭兵団をタルーに提供した。

サウル・メンデクス・ブロス・モンゴーラ三世　男【旧ゴ】　ゴーラ帝国最後の皇帝。故人。

サウル皇帝領　地【旧ゴ】　かつてのゴーラ皇帝サウルの直轄領。バルヴィナを含む。

ザカリウス　男【パロ】　マルガ離宮の近習。

ザザ　怪【黄】　黄昏の国の女王を名乗る大鴉。ハーピィの血を引く精神生命体。黒人の美女に変身する。

ササイドン　地【ケイ】　ケイロン古城の南の城砦都市。

ササイドン古街道　地【ケイ】　マルーナから深い山中を通って南へ伸びている街道。

ササイドン伯爵　位【ケイ】　ササイドンの領主。アル・ディーン参照。

サタヌス　神　人をすなどる悪魔の漁師。

ザダン　男【パロ】　アドロンの副官。

砂漠オオカミ　動【ノス】　岩山の続くあたりに群れをなして住む生物。

砂漠トカゲ　動【ノス】　真紅の目の小さな生物。足が極めて早い。

砂漠の歌い鳥　動【ノス】　いい声で鳴く鳥。

砂漠のバラ　科【ノス】　花のように美しい銀色の結晶。

サバクモドキ　動【ノス】　普通の砂漠のように見せて巨大な口を開けて獲物を待つ怪物。

サム　男【沿】　《ニギディア》号乗組員。

鮫人　神　ニンフ女神に愛された伝説の人物。

サラー　女【カナ】　ヤン・ミエンの恋人。大きな茶色の瞳。星船の墜落により死亡し、蜃気楼の娘となってグインの前に現われた。

サラエム　地【パロ】　北部の都市。ヴァレリウスの出身地。

サラス　地【ケイ】　中部の城砦都市。

サラス伯爵　位【ケイ】　サラスの領主。現在は空位。

サラミス　地【パロ】　南西部の自治領。中心はサラミス城。かなり裕福な一帯。領主はサラミス公爵ボース。

サラミス街道　地【パロ】　エルファとサラミスを結ぶ街道。

サラミス公爵　位【パロ】　サラミス領の領主。ボース参照。

サラミス公騎士団　軍【パロ】　サラミスの騎士団。約二万人。パロの有力な地方軍隊。パロ内乱ではナリス側。

サラミス城　建【パロ】　ボースの居城。堅牢。

サラン　男【パロ】　ランズベール騎士団の大隊長。

サリア　神　愛と美の美女神。バスの母。

サリア大通り　地【パロ】　クリスタルの大

通り。

サリア騎士団　軍【新ゴ】　十二神騎士団の一。平均年齢十六歳。千五百人。

サリア神殿　建【ケイ】　黒曜宮、太陽宮内の神殿。

サリア神殿　建【パロ】　クリスタル、アーリア区にある神殿。本尊は高さ十タールのサリア像だが、大嵐の際の落雷で倒れた。

サリア神殿　建【パロ】　ジェニュアの西のはずれ、ヤヌス大神殿の西にある神殿。ヤーン神殿と並んで大きな神殿。パロ内乱において、一時ナリス軍の臨時の司令本部となった。

サリアの塔　建【パロ】　クリスタル・パレス、ヤヌスの塔の東にそびえる優美な塔。

サリアの日　宗　毎月十日と十三日。サリアの教徒は蜂蜜とパンと果実だけで一日を過ごす。結婚に最適の日とされる。

『サリアの娘』　芸　何年か前の流行歌。物悲しくも明るいメロディー。

サリス　男【パロ】　マルガ離宮の用人頭。老人。

サリュー　怪【鏡】　カリューの姉。額の中央に真紅の第三の目を持つ美しい女性。

サリュータ　芸　激しく陽気な舞曲。

サルジナ　地【自】　アルーンの森林地帯の南の町。カナンの時代に栄えた宿場町。赤い街道の盗賊の根城。

サルジナ街道　地【自】　サルジナを通り、パロと沿海州を結ぶ旧街道。

サルス　男【パロ】　パロ魔道師ギルドの魔道師。ディランの部下。

サルディウス　男【パロ】　ルナン聖騎士団の騎士。アイシアの婚約者。青い目。

サルデス　地【ケイ】　十二選帝侯領の一。領主はサルデス侯爵アレス。パロからの移民の子孫が多い。

サルデス旧街道 地【ケイ】 サルデス選帝侯領内の旧街道。ワルスタット街道とほぼ並行。

サルデス侯爵 位【ケイ】 十二選帝侯の一。アレス参照。

サルデニア 地【カナ】 田舎都市。

サルドス 地【クム】 国境の城砦都市。

サルビオ 植 香り高いことで有名な花。高価な香水や没薬の原料。

サレム 地【パロ】 アライン街道沿いの都市。

サレム 男【パロ】 マルガ離宮の近習。

サロウ 男【沿】 《ニギディア》号乗組員。ダリア出身。グロウの弟、アムランの兄。

サン 男【新ゴ】 イシュトヴァーン付きの小姓。

サン 男【パロ】 猟師。

サン 男【新ゴ】 ドライドン騎士団の幹部の一人。

ザン 単 時間の単位。およそ一ザンは一時間に相当。

サン・カン 男【新ゴ】 ホルス騎士団の准将。

サンガラ 地【自】 ケイロニアとユラニアの間にひろがる山岳地帯。赤い街道の盗賊の根城。

サンガリウム古城 建【自】 サンガラの古城。かつては自由国境警備隊の砦。

三級魔道師 魔 魔道師ギルドから三級免許をもらった魔道師。

三拍子亭 建【ケイ】 サイロン、タリナの食堂、居酒屋。

シーアン 地【キタ】 ホータンの東に建設中の新都。《生命ある要塞都市》として多数の生贄を用いた黒魔道によって建設されている。

シーラ　[女]【パロ】　マルガ離宮の侍女。ラウラの姉。シンシア誘拐事件を起こした。故人。

ジウス　[男]【パロ】　リーナスの家令。

ジェイド　[男]【パロ】　カレニア騎士団中隊長。ローリウスの副官。

ジェークス　[男]【ヴァ】　《オルニウス》号乗組員。イシュトヴァーンの友人。故人。

ジェニュア　[地]【パロ】　クリスタルの北東、ジェニュアの丘を中心とした神殿都市。ヤヌス教団の総本山たる《神の都》。人口約二万だが、祭事には数倍にふくれあがる。パロ内乱では一時ナリス軍の本拠地となった。

ジェニュア街道　[地]【パロ】　クリスタルの北クリスタル区とジェニュアを結ぶ街道。

ジェニュア守護騎士団　[軍]【パロ】　ジェニュア警護の騎士団。僧籍の者が半分を占める。三百人。

ジェニュア大神殿　[建]【パロ】　ヤヌス大神殿参照。

ジェニュアの丘　[地]【パロ】　クリスタルの北東に広がる美しい丘陵。頂上にヤヌス大神殿がある。

シェム　[男]【パロ】　カラヴィア公騎士団第一大隊の伝令要員。

しおどき川　[地]【ライ】　ダンデとシムサのあいだの小さな塩水の川。

屍返しの術　[魔]　黒魔道の術。死者や死体の一部を念動力を使って操る。

次元のさまよい人　[魔]　気が狂ったまま、永遠にどこの世界にも属さずにさまよう人。

地獄の金床　[地]【ノス】　硬く、太陽で熱せられ、素足で歩くことはできない岩場。

紫晶宮（紫晶殿）　[建]【パロ】　クリスタル

・パレス、水晶殿内の宮殿。聖王の日頃の業務が行なわれる。南にヤヌスの塔。北側に十二神門。

七曜宮 建【ケイ】 黒曜宮の宮殿。黄金宮殿の隣にあり、いくつかの小宮殿が回廊でつながっている。銀曜宮、緑曜宮などが含まれる。

ジック 男【ライ】 海賊。《六本指》のジック。故人。

シド 男【ライ】 ラドゥ・グレイの部下。小柄な黒人の老人。

シドン 男【モン】 フェルドリック邸の料理番。

シバ 男【ノス】 セム、ラク族の族長。初老。セムとしては相当に大柄でたくましい。

シバ 男【ノス】 セム、ラクの族長シバの父。

シビトオオカミ 怪【モン】 ルードの森に住む半妖の狼。

死びと返しの術 魔 死者の目の網膜に焼きついた最後の光景などを取り出す術。

死びと使いの術 魔 屍返しの術参照。

死人が原 地【ノス】 白骨が原参照。

シムサ 地【ライ】 小さな漁港。

下ナタール街道 地【ケイ】 サイロンから下ナタール川にそって南西に下る街道。

下ナタール川 地【ケイ】 サイロンの西側を流れる川。

シャオロン 男【キタ】 リー・リン・レンの側近の少年。

蛇神教 宗 ハイナムで信仰されていると云われる宗教。

ジャック 男【沿】 《ニギディア》号乗組員。《弱虫》ジャック。

ジャック 男【ライ】 海賊。《ホタテ貝のジャック》。

ジャルナ　地【ケイ】　サイロン市の一地区。風ヶ丘のふもと。

ジャン　男【パロ】　オヴィディウスの部下。ヴァレリウスに斬殺された。

ジャン　男【パロ】　マルガ離宮の小姓。

ジュー　男【ケイ】　グインの近習。

ジューク　男【沿】　《ニギディア》号乗組員。不平屋。

自由国境地帯　地【自】　国同士の間に広がる緩衝地帯。その間は兵を動かすも交易をするも自由で、いくつかの自由都市がある。比較的治安は悪い。

集団魔道　魔　多くの魔道師がそれぞれの力を融合させて行なう魔道。魔道師ギルドが得意とする。

十二神騎士団　軍【新ゴ】　ヤヌス十二神をモチーフとした意匠を紋章とする軍隊。ルアー、イリス、イラナ、ヤーン騎士団などが主力。ゴーラ全軍の半分以上を占める。

十二神将　位【ケイ】　十二神将騎士団のそれぞれの団長である将軍。

十二神将騎士団　軍【ケイ】　黒竜、金犬、金鷹、金羊、金猿、白象、金狼、白蛇、飛燕、銀狐、白鯨、白虎各騎士団からなり、世界最強とされる軍隊。傭兵も含めて給料による職業軍人でかためられている。兜にはそれぞれの隊の象徴となる聖獣をあしらい、鎧の肩がそりかえり、胸にケイロニアの紋章がついている。

十二神門　建【パロ】　聖王宮北側の門。

十二選帝侯　位【ケイ】　皇帝、王に次ぐ権力者。皇帝直轄領を囲む選帝侯領の領主。重大事にはサイロンに即時に集まることになっているほか、年番で三人ずつが黒曜宮に常駐している。

十二選帝侯騎士団　軍【ケイ】　十二選帝侯

配下の軍隊の総称。選帝侯領の志願兵によって構成され、普段は国境警備と領内治安を担当し、緊急時には十二神将騎士団の補佐を行なう。

十二選帝侯領 地【ケイ】 十二選帝侯の領地の総称。ケイロニアの周囲を固める。

十二年の誓い 宗【ライ】 バンドゥの海賊たちの神聖な誓い。

シュク 地【パロ】 クリスタルの北の国境の都市。国境警備隊の砦がある。

シュク街道 地【パロ】 シュクを通る街道。

シュムラト 男【カナ】 首席剣闘士。コーネリアスの愛人。五十歳前後。故人。

ジュラムウ 地【ライ】 南ライジアの最大の活気にあふれた港。

小アグリッパの丸薬（**小アグリッパの秘薬**） 医 魔道師が日常食する黒い丸薬。魔力を高めるなどの効果がある。少量で空腹が満たされ、体力が回復する。

小王国時代 歴【ケイ】 最大の王国ケイロンを中心として無数の小王国が乱立し、覇を競っていた時代のこと。

上級魔道師 魔 魔道師ギルドから上級免許をもらった魔道師。導師試験を受ける資格を持つ。青い宝石を銅のバンドで額に止めている。

上級ルーン語 魔 魔道師同士での会話に使用される言語。

勝利の門 建【ケイ】 黒曜宮、黄金宮殿の中央門。

女王宮 建【パロ】 クリスタル・パレスの宮殿。リンダの仮即位に際して、聖王宮の一部を改装したもの。

女王の塔 建【パロ】 クリスタル・パレスの塔。

女王の道 建【パロ】 クリスタル・パレス

内、水晶殿の正面入口に通じる道。

女王門 建【パロ】　クリスタル・パレス内、王妃宮の門。

ショーマ 男【ライ】　ラドゥ・グレイの小姓。

初級魔道師 魔　魔道師ギルドから初級免許をもらった魔道師。

シラスの森 地【パロ】　南パロスの平野に広がる森。

シラン 地【パロ】　マルガの北の小さな町。マルガ街道沿い。人口約五千人。

シラン 男【新ゴ】　イシュトヴァーン付きの小姓。

シラン街道 地【パロ】　マルガの北の街道。

シリア 女【沿】　ダリア島の姫。ポム大公の娘。

シリア 女【パロ】　リュイスの娘。大きな青い目。ランズベール塔落城の際に自害。

シリウス 男【パロ】　ネルバ侯爵。リュイスの親友。

死霊使いの術 魔　黒魔道の術。死霊と化した人間を操る。

シルヴィア 女【ケイ】　王妃にして皇女。グインの妻、アキレウスの次女、オクタヴィアの異母妹。金褐色の髪、くるみ色の瞳、痩身、小柄。グラチウスによる誘拐から救出されたのちにグインと結婚したが、夫婦仲は次第に悪化し、下男のパリスと不倫騒動を引き起こした。

シルキニウス 男【パロ】　大導師。魔道十二条の整備者で、魔道師ギルドを現在のかたちにまとめた。故人。

シルの森 地【パロ】　シランの南に広がる森。

シレーヌ 女【クム】　タイスの伝説の悪女。自らの美しい肉体を武器に敵を騙し討った。

シレーン 神 炎の竜にさらわれた伝説の少女。
シレナス 男【パロ】 マドラの伯爵。
シレノス 神 豹頭人身の神。
白い女神通り 地【モン】 トーラス一番の大通り。金蠍宮から南市門を結ぶ。片側馬車三車線。
シロエの森林地帯 地【自】 ハイナムとケイロニアとの間に広がる森林。
ジロール 男【パロ】 魔道士の塔の初級魔道士。アルシアの恋人。殺人幇助などの罪で捕らえられた。
白騎士団 軍【モン】 五色騎士団の一。
白クラム 植 幹の白く優美な木。
白魔術 魔 魔道十二条で使用が認められている魔道の術。ヤヌスの白魔術。
白魔道 魔 魔道十二条を忠実に守って行なわれる魔道。中原で発達した。黒魔道よりも制限が多く、個人の技を突出させるのを嫌う。
白魔道師連盟（白魔道師連合） 社 全世界の白魔道師ギルドの連合。ヤヌス教団によって認可された唯一の魔道ギルド。大魔道師の時代から集団魔道の時代へと変化させたとされる。
シン 男【ケイ】 グインの小姓組組頭。
ジン 男【沿】 《ニギディア》号乗組員。バールの弟。
シン・シン 男【新ゴ】 ゴーラ軍の中隊長。
真・魔道十二条 魔 白魔道師だけでなく、すべての魔道師が従わなくてはならない掟。幽霊となった魔道師が魔道を使うことなどを禁じている。
新カナン様式 建 建築の様式。赤レンガと先端の細くそりかえった屋根、美しい尖塔。
心眼の術 魔 いながらにして離れた場所の

様子などをうかがい知る術。

蜃気楼の嵐　怪【ノス】　三千年前の悲劇で滅んだカナンそのものの幽霊。荒々しい溶岩流にも似た怨念と未練の念の濁流。

蜃気楼の砂漠　魔【ノス】　蜃気楼の娘たちが蜃気楼で作り出した砂漠。黄昏時のまま変化しない。

蜃気楼の視力　魔【ノス】　蜃気楼の娘たちのもつ視力。さまざまなものの真実の姿が見えるという。

蜃気楼の娘　怪【ノス】　カナンの悲劇で命を落とした人々の幽霊。グル・ヌーの周辺に出現する。人間には悪夢を見せる程度だが、妖魔には非常に危険な存在。代表的な娘のサラーは銀色の髪とあやしい瞳をもつ。

新月の間　建【ケイ】　黒曜宮、黄金宮殿の一室。選帝侯や十二神将たちの軍議などに使用される。

シンシア　女【パロ】　マルガ離宮の侍女。金茶色の髪、色白で青い瞳の目。ユーラとシーラに誘拐されたが救出された。

真珠の塔　建【パロ】　クリスタル・パレス、紅晶宮の塔。

神聖パロ王国　地【パロ】　アルド・ナリスがパロ内乱に際し、パロ正統の王であることを主張して建国した国。カレニア、サラミスを中心とし、マルガに政府を置いていた。ナリスの死後、リンダによって消滅が宣言された。

神聖パロ義勇軍　軍【パロ】　マルガ攻防戦後、神聖パロ王国軍の残党が結成した軍隊。約千五百人。指揮官はワリス。

神聖パロ軍　軍【パロ】　神聖パロ王国の軍隊。マルガ攻防戦時には二万弱。

真理の塔　建【パロ】　クリスタル・パレスの塔。

心話 魔 離れた場所にいる人物と脳を通じて話をしたり、近くの人物と触れ合うことで声を出さずに会話をする初歩の術。

水晶宮 建【パロ】 クリスタル・パレス、水晶殿内の最大の宮殿。北西にルアーの塔。北東にサリアの塔。北に聖王宮、南東に紅晶宮、南西に緑晶宮。

水晶球 魔 魔道の力を高める道具。映像を映し出したりする。

水晶殿 建【パロ】 クリスタル・パレスの主宮殿。古代カナン様式。水晶宮、紫晶宮。紅晶宮、緑晶宮などからなる。

水晶の護符 魔 魔道の力のうち、主に防御の力を高める道具。

水晶の塔 建【パロ】 クリスタル・パレス、緑晶宮の塔。

『**随想集**』 書【パロ】 オー・タン・フェイの著作。

スー・リン 男【新ゴ】 イリス騎士団団長にして将軍。

スカール 男【アル】 スタックの弟王子。黒髪、黒髭、漆黒の瞳、浅黒い大柄な体。黒ずくめの装束から〈黒太子〉の称号を一代限りで与えられた。長らく病魔に苦しんでいたが、グラチウスの施術により回復した。パロ内乱にグル族を率いてナリス側として許可なく参戦したことから兄王の怒りを買い、アルゴスからの追放を宣言された。

スコーン 単 重さの単位。およそ一スコーンは一キログラムに相当。

スタック 男【アル】 王。エマの夫、スーティンの父、スカールの兄。

スタフォロス 地【モン】 北端、ルードの森の丘の砦。セム族との戦いで陥落、焼失。

砂トカゲ 動【ノス】 肉は焼いてセム族が食用にする。

砂ネズミ　動【ノス】　小さな生物。

砂ヒル　動【ノス】　砂に身を埋めて獲物を待っている。毒はないが不味くて食用にはならない。

スナフキン　族【黄】　黒小人。グインにスナフキンの魔剣を与えた。

スナフキンの魔剣　具【ケイ】　魔のものを切るための一タールほどの青白く光る剣。黒小人スナフキンが鍛えてグインに与えた。呪文を唱えると宇宙のエネルギーをとりいれて発動する。現実の存在を切るとたちまち消滅してしまう。

砂虫　動【ノス】　砂と同じ色あいで砂の下に身を隠し、獲物を待つ生物。

スニ　女【パロ】　セムのラク族の女。大族長ロトーの孫。リンダの侍女。

スミア　女【パロ】　マルガ離宮の侍女。

スリープ装置　具　星船の中にある円筒形の透明な装置で、中に収められた生物を冷凍睡眠させる装置。

スリカクラム　地【沿】　草原の南、沿海州の南西にある海岸沿いのミロク教徒の町。

スルスル　食　ガティ麦の粉を小さな穀物状に練ったもの。

ゼア　神　真実と貞淑をつかさどる女神。

聖王大橋　建【パロ】　クリスタルとクリスタル・パレスをつなぐ橋。

聖王騎士団　軍【パロ】　聖王直属の軍隊。約五百人。緑色のふさのついた銀色の鎧兜。

聖王宮　建【パロ】　紫晶宮の別称。

聖王の居間　建【パロ】　クリスタル・パレス内の宮殿。聖王宮と水晶殿中心部の間。

聖王の道　建【パロ】　クリスタル・パレス内、国王宮からアルカンドロス門に至る道。

聖騎士　位【パロ】　聖騎士団に所属する騎士。

聖騎士宮 建【パロ】 クリスタル・パレス内の宮殿。ネルヴァ城の東。アルカンドロス門の両側に広がっている。

聖騎士侯 位【パロ】 武人の侯爵。およそ五百人の直属の聖騎士団を持ち、それぞれに所属する聖騎士伯騎士団が包括される。

聖騎士公 位【パロ】 武人の公爵。現在はファーンのみ。

聖騎士団 軍【パロ】 国内最強の軍隊。聖騎士侯、聖騎士伯に直属する部隊の集合体。精鋭十万を呼号。大元帥ベック公爵ファーンが束ねる。銀色の鎧。パロ内乱では分裂した。

聖騎士伯 位【パロ】 武人の伯爵。およそ二百人の直属の聖騎士団を持ち、それぞれの属する聖騎士侯騎士団に包括される。

精神生命体 族 肉体よりも精神が主体となっている生命体。肉体の形態を自由に変化させられたり、肉体そのものをなくすこともできる。《宇宙の種子》や土地神、妖魔が含まれる。多くの魔道師は精神生命体になることを究極の目的としている。

青星党 社【キタ】 リー・リン・レンが結成した反ヤンダル・ゾッグ団体。キタイでの大規模な反乱の中心となっている。

星稜宮 建【ケイ】 サイロン、光ヶ丘の美しく瀟洒な小宮殿。アキレウス帝の隠居所。

セーフ・シート 具 星船の装置。通常は普通の椅子の形をしているが、離陸時などに乗員を包み込んで保護する。

セーラ 女【ケイ】 ラムの妹。

赤蓮の粉 医 黒蓮の粉よりも弱い睡眠効果のある薬。

セト 男【ライ】 ラドゥ・グレイの配下で一番の弓の名手。

ゼノ 男【パロ】 マルガ離宮の執事。

ゼノン　男【ケイ】　金犬将軍。色白の頬、青い目、赤毛の巨人。タルーアン出身の傭兵であったが、並外れた体格と武勇をもって若くして抜擢された。グイン探索隊に参加。二十五歳。

セム　族【ノス】　ノスフェラスに住む小さな猿人族。ノスフェラスの瘴気が生みだしたと云われる。人間よりも寿命は短い。アルフェットゥの神を信仰する。

ゼム　男【新ゴ】　カメロンの秘書にして側近。

セラ　植　生け垣によく使われる木。丈は低く、美しいオレンジ色の実を結ぶ。

セラン　男【パロ】　ナリス付きの小姓。ナリスの死に際し殉死。享年十七歳。

セリア　女【パロ】　マルガ離宮の女官長。

セル　男【パロ】　マルガ離宮の近習。

ゼル　神【カナ】　カナンで信仰を集める神。

ゼル神殿　建【カナ】　カナンの石造りの大きな神殿。ゼル神の神像を祀っている。夏の花祭りが開かれる。

セルス　男【モン】　軍の小隊長。

戦槍の陣形　軍【ケイ】　《竜の歯部隊》の陣形。

センデ　男【カナ】　吟遊詩人。栗色の髪、茶色の目。アリンに刺殺された。

象牙の塔　建【パロ】　クリスタル・パレスの王立学問所の塔。

草原　地【草】　中原の南に広がる一地方。騎馬民族が中心で、自由の気風にあふれている。

『創世記』　書　ミロク教の聖典。

ゾーデス　男【パロ】　タラントの副官。

即身昇天の秘法　魔　妄執と生への欲求を断つことにより生きながらにして魂魄のみの存在となる究極の秘法。

ソラー星系 [地]【外】 物語の舞台であり、緑と青と白の美しい第三惑星が属する星系。第十三太陽系。

ソル [単] 小さな容積の単位。

ゾルーガの指環 [具]【パロ】 ナリスとヴァレリウスが交換した指輪。致命的な毒を仕込んである。ドーリア女神の意匠。

ゾルーディア [地]【自】 死の国。死人の都。

ゾルード [神] 復讐の神。

ゾルダの坂道 [神] 黄泉へ下る坂道。

ソレルルス [男]【ケイ】 ディモスの小姓頭の一人。

ゾンビー [魔] 黒魔道によってかりそめの生を与えられた死人。自分の意志を持たず、術者の意のままに行動する。

ゾンビー使いの術 [魔] 死人にかりそめの命を与えてゾンビーとし、意のままに操る黒魔術。被術者が生きているうちに術をかけておく。

タ

ター [単] 通貨の最小単位。

ター・ウォン [男]【アル】 スカールの小姓。故人。

ター・レンの馬騎兵 [軍]【パロ】 ヤンダル・ゾッグ支配下のクリスタル・パレスで警護に当たっていた騎兵。馬頭人身。

ダーヴァルス [男]【パロ】 聖騎士侯。聖騎士団の長老格。パロ内乱ではレムス軍の副将をつとめた。

ターク [男]【ライ】 ジックの副官。《蒼白》ターク。

ダーク・パワー [魔] 混沌、憎悪など、負の精神を力の源とする存在の総称。黒魔道師などが含まれる。

ターナー　神　最も偉大な神。時をつかさどる。存在であることをさえ超えた存在。

ダーナム　地【パロ】　イーラ湖の南の湖畔最大の都市。領主はワリス。パロ内乱の主戦場となって壊滅状態となった。

ターニア　女【パロ】　前々王妃。アルドロス三世の妻、レムスとリンダの母。栗色がかった髪の美女。故人。

ダーハン　地【新ゴ】　南西部の都市。

ダーム　単【外】　星船の文明における距離の単位。かなりの長距離。

ターラン　単　通貨の単位。ランとターの間。

タール　単　高さの単位。およそ一タールは一メートルに相当。

大宇宙の黄金律　科　大宇宙に属するもののあり方を定めた法則。生々流転の法則、自動律などがある。

大王広場　地【ケイ】　黒曜宮の広場。バルコニーが張りだしている。

大公妃　位【パロ】　聖王家の女性の、王女につぐ最高位の称号。ラーナ・アル・ジェーニア参照。

第五次銀河大戦　歴　カナン滅亡の原因となった宇宙大戦。

大災厄時代　歴　太古の一時代。火山活動が各地で盛んになり、大洪水が起きた。

第三の目　魔　魔道師の額にとめられた宝石のこと。一部の妖魔が実際に額に持つ眼を指す場合もある。

タイス　地【クム】　大都市。歓楽の都。多数の廓があり、奴隷が多い。

大導師　魔　魔道師ギルドに所属する魔道師の最高位。広義では偉大な魔道師への尊称であり、ただ「大導師」と呼んだ場合にはアグリッパを指す。

大導士　位【外】　この宇宙の構成を五次元

的に説明でき、さらにその上の次元にのぼることができたもの。すべてを管理する。その地位を逐われることは死よりもひどい刑罰。

ダイモス 男【ケイ】 フリルギア侯爵。

太陽宮 建【ケイ】 黒曜宮の宮殿。最も奥まった場所にあり、特別な祭典にしか使用されない。サリア神殿がある。

タイラン 男【モン】 伯爵。白騎士団長官。第二次黒竜戦役で死亡。

タヴァン 地【ケイ】 ワルスタット選帝侯領北部の城砦都市。

タヴィア 女【ケイ】 オクタヴィア・ケイロニアスの愛称。

タウエラ湖 神 死の国ドールニアとの境界となる死の湖。

タウザー 男【ライ】 ラドゥ・グレイの部下。

タウロ 動 敏捷な動物。

タウロ 男【パロ】 パロ魔道師ギルドの一級魔道師。《魔の胞子》によりヤンダル・ゾッグの手先となった。故人。

タウロス平野 地【ケイ】 皇帝直轄領の南部の平野。牧草地や果樹園、畑地の広がるゆたかで平和な地方。

ダウン 地【パロ】 西側国境近くの山中の村。

タッド 単 距離の単位。およそ一タッドは一メートルに相当。

タミヤ 女【ケイ】 ランダーギア出身の魔道師。《黒き魔女》。

ダゴン 神 雨の神。ダゴン三兄弟の長男。

タズト 男【アル】 スカールの小姓。故人。

黄昏の国 地【黄】 人間界と魔界のあいだ、この世のすべての場所の西にあると云われる妖魔と妖魅の国。

タック 男【モン】 一等書記官。サイデンの秘書長。

タデウス　男【パロ】　アムブラの元学生。アムブラ弾圧で投獄されて体を壊し、故郷に帰った。

ダナエ　地【ケイ】　十二選帝侯領の一。領主はダナエ侯爵ライオス。

ダナエ侯爵　位【ケイ】　十二選帝侯の一。ライオス参照。

ダニーム　男【パロ】　クリスティアの近習。ナリスの暗殺に失敗し、逆に斬殺された。

ダネイン大湿原　地【パロ】　草原との境に広がる大湿原。人跡未踏の部分が多い。湿原船で渡る。

ダネインの怪物猿　動　ダネインに住む巨大猿。人食い。

タノム伯爵　位【モン】　伯爵。ミレニウス参照。

魂入れ替えの術　魔　黒魔道の術。他者同士の魂を入れ替える。

魂おろしの術　魔　黒魔道の術。死者の魂魄を呼びだし、生者に憑依させる。

魂返しの術　魔　黒魔道の術。ゾンビー使いの術、魂おろしの術など、死者にかりそめの生命を与える術全般を指す。

魂飛ばしの術　魔　黒魔道の術。他者の魂だけをどこか違う場所へ飛ばしてしまう。

タム　男【ライ】　ラドゥ・グレイの部下。

ダモス　男【パロ】　ルナの小姓。

ダモン　男【パロ】　ジェニュア大神殿の前大僧正。親国王派。

タラ　地【パロ】　イーラ湖畔北岸の小漁村。人口千人未満。

タラス　男【パロ】　望星亭の主人。

タラムゥ　地【ライ】　北ライジアの港。

タラント　男【パロ】　聖騎士侯。パロ内乱ではレムス側の副将をつとめた。

タリア　地【沿】　レント海沿いの自治領。

領主はタリア伯爵ギイ・ドルフュス。

ダリア 地【沿】 レント海の島。マグノリアの花が名物。マグノリア祭が開かれる。

タリア伯爵 位【沿】 タリア自治領の領主。ギイ・ドルフュス参照。

ダリウス・ケイロニウス 男【ケイ】 大公。アキレウスの弟。故人。

タリオ・サン・ドーサン 男【クム】 前大公。故人。

タリク・サン・ドーサン 男【クム】 現大公。タリオの三男。

タリッド 地【ケイ】 サイロンの中央にある一地区。

タリッド大通り 地【ケイ】 サイロン、タリッド地区の通り。

タリナ 地【ケイ】 サイロンの一地区。

タル 単 時間の単位。およそ一タルは一秒に相当。

タル・サン 男【クム】 公子。タリオの次男。故人。

タルー 男【クム】 公子。タリオの長男。ネリイの夫。イシュトヴァーン軍を奇襲するが失敗し、捕らえられて斬殺された。

タルーアン 地【タル】 船乗りの一族ヴァイキングを中心とする北方の国。人々は大柄で色白、赤毛。

ダルヴァン 男【ケイ】 白蛇将軍。

タルーアン犬 動 巨大で勇猛な犬。

ダルカン 男【パロ】 聖騎士侯の最長老。パロ内乱ではナリス側に与し、神聖パロ王国大総帥に任ぜられた。マルガ攻防戦で重傷を負い死亡。

タルクス 男【パロ】 ボースの息子。

タルザン 単 時間の単位。およそ一タルザンは一分に相当。

ダルシウス・アレース 男【ケイ】 前黒竜

将軍。故人。

タルス　男【パロ】　聖騎士伯。

タルス　単　長さの単位。およそ一タルスは一センチメートルに相当。

ダルス　男【パロ】　ランズベール騎士団の大隊長。リュイスの腹心。

ダルス　男【パロ】　マルティニアスの部下。

タルソ　地【自】　オー・タン・フェイが移り住んだ町。

タルフォ　地【モン】　北部の砦。ほとんど兵は残っていない。

ダルブラの毒　医　強力な毒物。中毒すると速やかに死亡し、肌には紫の斑点がうかび、やがて死体が崩れはてる。解毒剤はない。

ダレン　男【モン】　大佐。

タロス　地【モン】　ケス河沿いの砦。現在は放棄された。

タロン　男【沿】　《ニギディア》号乗組員。

タン　単　容積の単位。ミルクなど液体を量るときに使用。

ダン　男【モン】　《煙とパイプ》亭の若主人。ゴダロとオリーの次男。トーラス戦役で右足を失った。二十五歳。

タンガード　男【モン】　黒騎士隊隊長。ノスフェラスにて戦死。

ダンカン　男【パロ】　カリナエ小宮殿の執事長。前執事頭。コーネリウスの弟。ナリスの謀反発覚時に斬殺された。

タンゲリヌス　男【パロ】　アムブラの元学生。アムブラ弾圧後、布地問屋の婿となった。

タンデ　地【ライ】　北ライジアの小さな町。人口約二千。とんがり岬の近く。

チーチー　動　蟻。

チチア　地【ヴァ】　下町。がらの悪い廓町。

血の誓い　宗【沿】　義兄弟の誓い。お互いの血に口をつけたあと混ぜ合わせる。

地方貴族懇親会 社【パロ】 クリスタル・パレスの紅晶殿で年に一度開催される、地方貴族たちと聖王家との親睦晩餐舞踏会。

中級魔道師 魔 魔道師ギルドの魔道師のうち、二級前後の魔道師の総称。

中原 地【中】 物語の中心となっている地方。世界でも有力な国が多い。カナン滅亡後、しばらくして成立した。

超越者 族【外】 《生体宇宙船》やカイザー転移装置を作り上げた謎の精神生命体種族。その強大な力をもって宇宙に君臨した。それに反乱した下位種族と宇宙大戦を戦い、カナン滅亡の一因となった。

調整者 族【外】 宇宙の均衡を保ち、大宇宙の黄金律を調整することを使命とする謎の種族。非常に高度な文明社会を築き上げた。《超越者》の最高位のものが独立し新たな種族となった。

チラガ 語【ノス】 セム語で子ども、ガキの意。

ツーリード 地【モン】 ケス河沿いの砦。ほとんど兵は残っていない。

ツールス 男【ケイ】 飛燕騎士団の准将。

『**月の王**』 芸 アントニウス作の戯曲。

土くらい 動 ミミズ。

ツバイ 族【ノス】 セムの一部族。

ツルミット侯爵 位【ケイ】 十二選帝侯の一。ガース参照。

帝王宮 建【新ゴ】 イシュトヴァーン・パレス内の宮殿。イシュトヴァーンの日常の起居の場。

ディクス 男【モン】 マリウス・オーリウスの副官。

ティシウス 男【カナ】 伝説の王子。百年の魔道の眠りについた。

ディノン 男【パロ】 パロ魔道師ギルドの

下級魔道師。ギールの配下。

ディモス 男【ケイ】 ワルスタット侯爵。アクテの夫。五人の子の父。明るい青い目、金髪、長身の《太陽侯》と呼ばれる美男子。グインのパロ遠征に騎士団を率いて同行し、クリスタル解放後はクリスタル救済本部長を務めた。

ディラン 男【パロ】 パロ魔道師ギルドの上級魔道師。ナリスの腹心。

デイン 単 古代機械で使用される質量の単位。

ティンダロスの蜘蛛 怪 ヤンダル・ゾッグが呼びだした異次元の怪物。アメーバ状で、無数の青白く光る目を持つ。

デウス 男【ケイ】 伯爵。護民長官。

テッサラ 地【沿】 草原の南、沿海州の南西にある海岸沿いのミロク教徒の町。

デュアナ 女【アグ】 王妃。ボルゴ・ヴァレンの妻。アルミナの母。

デュラ 男【沿】 《ニギディア》号乗組員。操舵手の助手。

テラニア 地【沿】 沿海州の南の群島。

デリア 女【モン】 ミレニウスの妻。若き日のイシュトヴァーンと恋仲になり、ミレニウス殺害を引き起こした。

デルノス 男【パロ】 ジェニュアのヤヌス祭司長にして大僧正。

デン 男【モン】 ミダの森の虐殺の唯一の生き残り。

天山山脈 地【キタ】 キタイの山脈。

天山山脈 地【草】 ウィレン山脈参照。

トヴァ 男【ライ】 ヴーズーの老呪術師。

トゥーゴラス 神 生命ある藻の繁茂する死海。

トゥーゴルコルス 神 魔の海。アエリウスが探検した。

導師 魔 魔道師ギルドで大導師に次ぐ地位。

上級魔道師のひとつ上の地位で、昇進には導師試験に合格することが必要。

トウシングサ 植 綿毛が風で運ばれる草。

東方 地【東】 中原のはるか東にある地方。中原との間にはノスフェラスがある。黄色人種中心。

遠耳の術 魔 聴覚を通常の三倍以上にもする術。

ドース 男【ケイ】 ワルド男爵。ディモスのまたいとこ。

ドース 男【モン】 フェルドリックの家令。

トート 神 性愛をつかさどる可愛らしい神。

ドードー 男【ノス】 ラゴン族の長。勇者ドードー。ラナの父。身長二タール以上、体重百三十スコーン以上。

トートの塔 建【パロ】 クリスタル・パレスの塔。

遠目の術 魔 離れた場所を見る。

トーラス 地【モン】 首都。北部の森林地帯の端に位置する。人口約四十万。砂嵐の季節にはノスフェラスから黄砂が降る。

トーラス陥落戦争（トーラス戦役） 歴【モン】 黒竜戦役に続く、トーラス陥落までの戦争。

ドーリア 神 ドールの姉妹の女神。

トール 男【ケイ】 黒竜将軍。グインのパロ遠征時に准将として参戦し、遠征中に黒竜将軍になった。クリスタル解放後にはクリスタル駐留軍総司令官を務めた。グイン探索隊に参加。

ドール 神 黄泉を支配する闇の神。八本の尻尾を持つ。

ドール教団 社 グラチウスらが創設したドールを信奉する黒魔道の暗黒教団。実態の詳細は不明。

ドールナン・システム 具 星船の備える自

動航行システム。

ドールニア　神　死の国。

時の風　神　【ノス】　遥か東方から西の果てに向かってどこまでも吹きついでゆくという風。

ドクロ船団　社　【沿】　クルドの後継者を名乗るたちの悪い海賊の一味。

何処でもないところ　地　【不】　どの次元にも属さない場所。時間も空間も意味を持たず、一度入り込んだら二度と戻ってこられないと云われる。

閉じた空間　魔　空間を曲げ、異なる次元空間に出入りすることによって離れた場所へ素早く移動する術。

土地神　怪　古くから地上にあって人間と交流してきた土着の神。

トム　男　【ケイ】　《竜の歯部隊》の騎士。竜の怪物にさらわれた。

ドムス　男　【パロ】　マルティニアスの部下。

ドライドン　神　海をつかさどる神。沿海州の主神。リアの父。

ドライドン海溝　地　【沿】　世界で一番深いと云われる海溝。

ドライドン騎士団　軍　【新ゴ】　カメロンの私設精鋭軍隊。ヴァラキア出身の精鋭を中核とし、傭兵とあわせて二千人に及ぶ。ゴーラ国民に人気が高い。

ドライドン賭博　風　【パロ】　中原でポピュラーな賭博。

《ドライドンの首飾り》号　交　【ライ】　ラドゥ・グレイの父の船。ラドゥ・グレイとの海戦で敗れ、沈没した。

ドライドンのさすまたの陣形　軍　【ケイ】　一列の縦列に二列の縦列が続く陣形。

《ドライドンの星》号　交　【ライ】　ラドゥ・グレイの主船。千五百ドルドンの巨船。

三百人乗り。まわりを鋼鉄で装甲。

《ドライドンの末裔》亭 建【ライ】　料理がうまく安い、小汚い飲み屋。

ドライドン水軍 軍【新ゴ】　十二神騎士団の一。将来編成予定の海軍。

トラキア 地【沿】　沿海州連合の一国。パロ内乱ではナリス側を支持。

ドランドラン 動　ランダーギアに住む一本角のサイ。

トリ 女【ライ】　ジュラムウの人相占い師。太った老婆。ラドゥ・グレイの部下。

ドリアン 男【新ゴ】　王太子。イシュトヴァーンとアムネリスの長男。黒髪、黒い瞳の大人しく美しい赤ん坊。モンゴール大公への即位が予定されている。

ドリアン 神　ドールの子。

鳥ヶ丘 地【ケイ】　サイロンを囲む七つの丘のひとつ。南寄り、双ヶ丘のとなり。

トル 単　面積の単位。土地の広さなどに使用。

ドルウ 動　亀。

トルース 地【草】　南東部の国。パロ内乱ではナリス側を支持。

ドルカス 男【ケイ】　金犬騎士団の准将。グイン探索隊の副官。

トルク 動　ネズミ。

ドルクス 男【モン】　准将。マリウス・オーリウスの副官。

ドルトン 単　船の大きさの単位。

ドルドン 男【パロ】　パロの準男爵。

ドルミア式 建　古代カナン様式の円柱にきざまれている線の様式。

ドルミネア 女【カナ】　超高級娼婦。ニールス出身。ヤン・ミェンに斬殺された。

トロイ 男【ライ】　ラドゥ・グレイの部下。《船玉》のトロイ。

泥棒通り 地【ライ】　バンドゥの通り。

ドロボウ鳥　動　うそつきどり参照。
とんがり岬　地　【ライ】　北ライジアの南端の細い岬。

ナ

ナーガ一世　男　【ハイ】　第一王朝の創始者。竜の血をひく帝王であると云われる。故人。
ナイアハム　地　【パロ】　イーラ湖の北側の小さな町。
ナタール川　地　【ケイ】　ナタール大森林を流れる大きな川。
ナタール大森林　地　【ケイ】　ナタール地方に広がる人跡未踏の大森林。世界最大の樹海で「森の大洋」と呼ばれる。謎の樹上生活種族『森の人』がひそかに暮しているとも云われる。
ナタール地方　地　【ケイ】　北部の地方。美しくさわやかな景観を誇る。
ナタリア　植　高貴な珍しい花。
ナタリア湖　地　【ケイ】　ナタリ湖から続く小さな美しい湖。湖畔に皇帝家の離宮がある。
ナタリ湖　地　【ケイ】　ナタール大森林地帯の西、ランゴバルド選帝侯領に接する美しい湖。
ナタリ山地　地　【ケイ】　北部の山々。
ナナ　女　【沿】　ダリア島、かもめ亭の女主人。
波乗り亭　建　【ライ】　海鳴り通りの飲み屋。かなり大きな店。
ナラ　地　【自】　サンガラ山地の小さな村落。ケントス峠のふもと。イシュトヴァーンに焼き払われた。
双ヶ丘　地　【ケイ】　サイロンを囲む七つの丘のひとつ。サイロンの南、風ヶ丘と鳥ヶ丘の間。
ナルディウス　男　【パロ】　昔の聖王。

ナルド 男【ケイ】 伯爵。ハゾスの右腕の外交官。
ナント 地【新ゴ】 北部の大都市。
ナント 地【沿】 レントの海の南、クルドの財宝が隠されていた島。
ナンナ 女【カナ】 イルダの娘。若くして病死。
南方諸国 地【南】 南方大陸とその周辺の国々。ランダーギア、ゴア、レムリアなどが含まれる。
南方大陸 地【南】 レントの海、コーセアの海を隔ててキレノア大陸の南にある大陸。カンパーブリア大森林、クラウアスゴル山脈などがある。ヴーズーの魔道や太古の神々への信仰が支配的で、実態はほとんど分かっていない。大柄でたくましい黒人種が中心。
ニール 男【沿】 《ニギディア》号乗組員。
ニールス 地【カナ】 地方都市。
ニオ 男【パロ】 レムスの小姓頭。
ニオエ 女【カナ】 ティシウスの恋人。
ニギディア 女【タル】 クラーケンを倒した。故人。
《ニギディア号》 交【沿】 若き日のイシュトヴァーンの船。三本マストの瀟洒な古い船。百ドルドン級。海賊ジックとの戦いで焼かれ、沈没した。
二級魔道師 魔 魔道師ギルドから二級免許をもらった魔道師。
西アレスの森 地【パロ】 アレスの丘近くに広がる森。
西クリスタル大橋 建【パロ】 クリスタルとクリスタル・パレスを結ぶ、イラス川にかかる橋。
西クリスタル区 地【パロ】 クリスタルの西側の地区。さまざまなギルドに属する町人の家々が密集している工業地帯。中心を通る騎士大通り以外の道は狭く入り組んでいる。
西ジェニュア街道　地【パロ】　ジェニュアの西からイーラ湖方面へ抜ける街道。
ニュール　動　ナメクジ。
ニルン　男【沿】　《ニギディア》号乗組員。《学者》。
ニンフ　神　ドライドンの妻の女神。リアの母。
《**ニンフの黄昏**》**亭**　建【ライ】　娼家。酒も出すが、少々値が張る。
《**ニンフの乳**》**山**　地【ライ】　島中央にある山。炭酸水を産出。
《**ニンフの翼**》**号**　交【ライ】　ラドゥ・グレイの二番手の黒船。約一千ドルドン。五本マスト。約百人のり。
ヌヌス　男【パロ】　アムブラの元学生。アムブラ弾圧後は小さな屋台でカラム水を売って生活している。
沼人　族【自】　ヴァーラス湖沼地帯に住む謎の部族。独自の風習を保った閉鎖的な小王国を作っていると云われる。
ヌラルク　動　ウツボ。
ネリア　女【ケイ】　ハゾスの妻、ミニアら三人の子の母、ギランの娘。
ネリア　女【パロ】　カレニア小宮殿の女官。
ネリイ　女【ユラ】　前大公。オル・カンの次女。タルーの妻。故人。
ネルヴァ（**ネルヴァ侯爵**）　位【パロ】　ネルヴァ城を預かる。シリウス参照。
ネルヴァ（**ネルバ**）**城**　建【パロ】　クリスタル・パレスの東の砦。ランズベール城とともに王宮を外敵から守るための城。
ネルヴァ（**ネルバ**）**塔**　建【パロ】　ネルヴァ城の塔。ランズベール塔よりやや低い。身分の低い武人や下級貴族、平民の重罪人の牢獄。

ネルヴァ（ネルバ）門　建　【パロ】　クリスタル・パレスの北東の門。

ネルス　男　【パロ】　レオの父。アルシスに仕えた厩番。

ノース　神　かつて地上で勢力をふるっていたとされる、羽根のある竜神。

念話　魔　心話参照。

《ノースの翼》号　交　【パロ】　イーラ湖の船。五十人乗り。

ノーマンズランド　地　【黄】　黄昏の国と人間界のはざまの世界。黄昏の国をさす場合もある。

ノスフェラス　地　【ノス】　中原の北東にケス河に隔てられて広がる砂漠。他の場所とは異なる独特の植物相、動物相を持つ。三千年前には古代帝国カナンの中心地であり、肥沃な土地であったが、星船の墜落による放射能により砂漠となった。魔力を高める場所として、多くの魔道師たちが住んでいる。星船ランドシアの離陸後に気候が変わり、雨がよく降るようになった。

ノスフェラス葦　植　【ノス】　ラク谷のオアシスの横に生い茂る草。その繊維を編んで頑丈な布を作る。

ノスフェラスの種子　族　【ノス】　《超越者》の構成因子とノスフェラスの怨念とが合体して生まれた闇の精神生命体。その一体が成長してアモンとなった。

ノビス　男　【ケイ】　風待宮を預かる執事長。

野良魔道師　魔　ごろつき魔道師参照。

ノルンの海　地　中原の北西に広がる海。北方諸国やアンテーヌに接する。

ハ

バーシア　女【パロ】　マルガ離宮の侍女。古参で年長。

バーシア・コント　女【パロ】　アルフリート・コントの妹。

ハーピィ　怪　醜い女の顔をもつ妖魔。蛇の髪の毛、鋭いくちばし、翼を持つ。

バール　男【沿】　《ニギディア》号乗組員。ジンの兄。

バイア　地【クム】　オロイ湖畔の都市。離宮がある。

ハイナム　地【ハイ】　一千年近くにわたって鎖国を続ける謎の太古国家。シロエの森、ガブールの大密林地帯の西。蛇神教を信仰していると云われる。王の即位式などの使者が中原との唯一の交流。人面蛇身の一族が王として君臨している、という伝説がある。

ハイラエ　地【鏡】　鏡の裏側にしか存在しない国。蛟神をあがめる蛟人の国。女王はウリュカ。

バイン　男【パロ】　マルガ離宮の近習。

バウ　動　犬。

バウルー　動　ゴリラ。

パオラ　女【パロ】　マルガ離宮の侍女。

白亜の塔　建【パロ】　クリスタル・パレスの塔。パレスの東端近く、王妃宮に囲まれている。白大理石で作られた優美な白鳥のような塔。ランズベール塔焼失後は貴族の囚人用の監獄となった。

白象騎士団　軍【ケイ】　十二神将騎士団の一。歩兵部隊二千以上が含まれる。団長はホルムシウス。エルハンの頭部を飾った兜。

白象将軍　位【ケイ】　十二神将の一。白象騎士団の団長。ホルムシウス参照。

《白鳥》号　交【パロ】　マルガ、リリア湖の御座船。

ハゲタカ 動 屍肉をあさる鳥。
バス 神 豚のような姿の商業の神。サリアの呪われた子。
バス騎士団 軍【新ゴ】 十二神騎士団の一。輸送部隊。
バスの日 宗 毎月十一日と十四日。サリアの教徒は断食の行を行なう。
ハゾス・アンタイオス 男【ケイ】 ランゴバルド侯爵にして宰相。ネリアの夫、ミニアら三人の子の父。青灰色の目を持つ端正な二枚目。グインの無二の親友にして第一の側近。ケイロニア最年少の宰相となって以来、内政の一切に卓越した手腕を発揮している。
《**ハチミツ酒と止まり木**》**屋** 建【ライ】 旅の伶人がいつも音楽を奏でている飲み屋。
白骨が原 地【ノス】 グル・ヌーの周辺に広がる白骨で出来た原。横たわる骨はグル・ヌーを中心に同心円を描いている。すさまじい瘴気と怨念が生者の侵入を阻んでいる。星船の離陸によって消滅し、怨霊海へと変貌した。
ハトの小川 地【パロ】 ルエの森付近を流れる小川。
はやて号 動【新ゴ】 イシュトヴァーンの一番の愛馬。スカールとの一騎討ちの際に負傷。
ハラス 男【モン】 マリウス・オーリウスの従弟。モンゴール独立軍大尉を名乗ってゴーラに反乱を起こしたが、ルードの森でゴーラ軍の捕虜となった。青い目。十九歳。
バラン 男【パロ】 ジェニュアの司教にしてヤヌス副祭司長。過激なナリス派。
ハリ・エン・セン 男【沿】 ナント島のヴーズーの魔道師。クルドに命じられて財宝をナント島に隠し、さまざまな魔道でそれを守った。故人。

パリス　男【ケイ】　かつてのシルヴィアの護衛役で、現在の不倫相手。腕っ節は強いが知能は低い。

ハル　男【カナ】　アールス川ぞいでは一番の年寄り。故人。

バル　動　熊。北国に住む。

パル　動　鹿。

バルヴィナ　地【旧ゴ】　アルセイス郊外の城砦都市。改造、改名されてゴーラの首都イシュタールとなった。

バルヴィナ城　建【旧ゴ】　バルヴィナの中央に建つ城。改装されイシュトヴァーン・パレスとなった。

ハルコン　地【カナ】　アグリッパの出身地。現在では記録に残っていない。

バルス　男【ケイ】　トールの副将。グイン探索隊に同行。

バルト鳥　動　歌うような鳴き声の鳥。

バルファン　男【ケイ】　金猿将軍。

バルマー　男【ライ】　ラドゥ・グレイの部下だが裏切った。

パロ　地【パロ】　ヤヌス教団を背景とし、三千年の歴史を誇る宗教国家。科学、魔道、文化いずれも世界一を自負する文明国で、中原一の肥沃な土壌と温暖な気候を背景に繁栄した。首都はクリスタル。人々は容姿にすぐれている。ヤンダル・ゾッグの間接的支配に伴う内乱の結果、国全体が疲弊してしまった。

パロ騎士団　軍【パロ】　パロ内乱でレムス軍に参加した軍隊の一。パロ国軍全体をさす名称ではない。

パロ軍大元帥　位【パロ】　パロ軍総司令官。ベック公爵が兼任する。ファーン参照。

パロ国民義勇軍　軍【パロ】　アムブラ市民

軍を再編成したもの。のちのクリスタル義勇軍。
パロ杉 植 パロ特産の杉。丈が高くまっすぐ。
パロス平野 地【パロ】 中北部の平野。気候が温和で肥沃な土地柄。
パロ聖王 位【パロ】 ヤヌス神によって王権を承認されたとされる支配者。即位時にはアルカンドロス大王の霊位による《承認の儀》など、三つの試練を受ける。
パロ聖王家 族【パロ】 代々王位を継承する一族。近親婚によって純血を守り、そのことで特異な能力を代々受け継いでいる、高貴で誇り高い美貌の家系としても有名。男子では大魔道師が、女子では予知者が時折現われる。
パロ西部街道 地【パロ】 サラミスとシュクを結ぶ街道。
パロ第三王朝様式 建 古代カナン様式を改良した建築の様式。白大理石を基本とする。クリスタル・パレスの建物はこの様式に従うよう法令によって決められている。
パロ魔道師ギルド 社【パロ】 長い伝統を誇る白魔道師のギルド。白魔道師連盟の中心。シルキニウス大導師により現在のかたちとなった。本拠は魔道師の塔。代表者は大導師カロン。魔道十二条を忠実に守り、人間界の秩序のなかで生きることを信条としている。パロ内乱ではナリス側を支持した。
パロ様式 建 建築の様式。白い石を組み合わせた建物。
バン・ホー 男【パロ】 アムブラの元学生。クムからの留学生で、アムブラ弾圧後にタイスで学校を開いた。
ハン・リー号 動【アル】 草原の名馬。スカールの愛馬。額の中央に白い星のある黒馬。
バンス 男【ケイ】 准将。アトキア騎士団副団長。

ハンゼ　男【ヴァ】　石屋。ヨナの父。

バンドゥ　地【ライ】　北ライジアの北西にある海賊たちの本拠地。海賊の都。赤茶けた色合いの町で治安は最悪。

ハンナ　女【カナ】　マルの孫。故人。

パンの実　植　南方の植物の実。パンと焼き肉のような味がする。

バンビウス　男【不】　太古の魔道師。魔道の祖。

パンリウス　男【パロ】　アムブラの元学生。

ビウィス　男【パロ】　王立学問所の元学生。ジェニュアのヤヌス神殿で雛僧の修業中。

飛燕騎士団　軍【ケイ】　十二神将騎士団の一。伝令・情報専門の部隊。団長は飛燕将軍ファイオス。

飛燕将軍　位【ケイ】　十二神将の一。飛燕騎士団の団長。ファイオス参照。

東クリスタル区　地【パロ】　クリスタルの東側の地区。下町アムブラがあり、東端には大きなさまざまな市場がある。

東クリスタル市門　建【パロ】　クリスタル・パレスの門。

東サイロン　地【ケイ】　サイロン近郊の小さな町。

光ヶ丘　地【ケイ】　サイロンを囲む七つの丘のひとつ。風ヶ丘の北側。小さく低くなだらかで風光明媚。星稜宮がある。

ヒカリゴケ　植　洞窟の中などに生えるコケ。淡い光を放つ。

光る胞子の術　魔　体内に植え込まれた《魔の胞子》を見つける術。《魔の胞子》が発芽している部分が緑白色に光って見える。

ビッグマウス　動【ノス】　ケス河に住む怪物。口だけのように見える。

一つ目の胎児　族　フモール参照。

ピピン 男【沿】《ニギディア》号乗組員。

ヒプノスの回廊 魔 夢の回廊参照。

ヒプノスの術 魔 キタイを中心に発達した、夢の回廊を通じて人の脳に働きかける呪術。結界でも防ぐことはできないが、精神以外の現実に働きかけることもできない。

百年戦争 歴【パロ】 パロがふたつに分かれて争った過去の戦争。

白蓮の粉 医 催淫剤として名高い麻薬。清めの粉としても使用される。

白虎騎士団 軍【ケイ】 十二神将騎士団の一。団長は白虎将軍アダン。

白虎将軍 位【ケイ】 十二神将の一。白虎騎士団の団長。アダン参照。

ピュアー 動 野うさぎ。

ファーン 男【パロ】 ベック公爵。聖騎士公にして王族。大元帥。フィリスの夫、ルチウスの父。ヤンダル・ゾッグに《魔の胞子》を植え付けられ、レムス軍総司令官としてナリス軍と戦った。現在は《魔の胞子》の影響で意識不明のまま療養中。

ファイオス 男【ケイ】 飛燕将軍。

ファイファ・システム 具 星船に搭載された人工知能システム。

ファロ 男【沿】《ニギディア》号乗組員。

ファン・イン 男【新ゴ】 軍の隊長。

フィック鳥 動 リリア湖に住む小さな茶色の鳥。

フィリス 女【パロ】 ファーンの妻、ルチウスの母、マール公爵の妹。優しい女性。

ブート 男【モン】《煙とパイプ》亭の隣の肉屋。

ブート 単 容積の単位。粉などを量る時に使用。

プーリー 動 イタチ。

フェラーラ 地【キタ】 西部にある旧都。

魔都。

フェラ椰子　植【ノス】　オアシスに茂る細い木。

フェリア　植　香りの強い花。

フェリア号　動【ケイ】　グインの愛馬。草原の名馬稲妻号の血をひく巨大な馬で、グインを乗せて戦場にたつことのできる唯一の馬。エリス号の兄弟。

フェリシア　女【パロ】　前サラミス公爵の長女。ボースの姉。長年にわたりパロ宮廷一の美女と呼ばれ、ナリスの愛人でもあった。五十歳代。

フェルドリック・ソロン　男【モン】　武将。アリサの父。裁判でイシュトヴァーンを告発し、その後斬殺された。

フフルー　動　トカゲ。

フモール　族【ノス】　大きな一つ目、大きな頭、手足のない未発達の体を持つ巨大な胎児。《超越者》の一部から派生した一族の末裔であるとも云われる精神生命体。ノスフェラスの星船や、ガング島の地下洞窟、惑星ユゴスなどに存在していたとされる。

浮揚プラットホーム　具　星船内部の装置。奥行き一タッド、幅二タッドほどの楕円形の板。空中を浮揚して目的地まで乗員を運ぶ。

フラー　食　南の島でよく飲まれているヤシ酒。白く甘い独特の風味。

フラー　動　ひつじ。

フラフラ　動　くらげ。

フラム　地【自】　クムの南にある都市。

フラム　動　こひつじ。

フラン　地【ケイ】　ランゴバルド選帝侯領の国境の都市。

ブラン　男【新ゴ】　ドライドン騎士団の副団長。准将。

ブリアン　男【沿】　《ニギディア》号乗組

員。ジックに殺された。

フリルギア　地　【ケイ】　十二選帝侯領の一。領主はフリルギア侯爵ダイモス。岩塩を産する。

フリルギア侯爵　位　【ケイ】　十二選帝侯の一。ダイモス参照。

古きものたち　族　【外】　宇宙の果てから星船にのってきた種族。その種子からアモンが育ったと云われる。

『ふるさとの緑の丘』　芸　パロの有名な歌。

プローニイ　動　夜鳴きフクロウ。ときたまあやしい声でひと声だけ鳴く。

フロリー　女　【モン】　アムネリスの元侍女。行方不明。

ブンブン　動　ハエ。

ベック公爵　位　【パロ】　王族、聖騎士公。パロ聖騎士団の最高司令官にして大元帥。すべての聖騎士侯騎士団の召集権、発動権、指揮権を唯一持つ。ファーン参照。

ベルデランド　地　【ケイ】　十二選帝侯領の一。領主はベルデランド侯爵ユリアス。北端の氷雪の地。

ベルデランド侯爵　位　【ケイ】　十二選帝侯の一。ユリアス参照。

ベロ　男　【ライ】　元海賊の老人。クルドの部下。ナントの財宝の秘密を知っていたが、何者かに刺殺された。

ベンナ　女　【ヴァ】　ヴァラキア港の食堂の女主人。太った未亡人。

ヘンレー　地　【パロ】　ダーナムとクリスタルの中間に位置する、街道沿いの村。

望星教団　社　【キタ】　ヤン・ゲラールを教主とする教団。暗殺教団としても知られる。青星党と同盟し、キタイの反乱を支援している。

望星亭　建　【パロ】　シュクで最も大きな宿

屋。主人はタラム。リンダとハゾスの会談が行なわれた。

ホーイー　動　ヒトコブラクダ。通称《砂漠の船》。

ボース　男【パロ】　サラミス公爵。フェリシアの弟、ラウル、ルハスの兄。パロ内乱ではナリス側に参加。

ボース　男【パロ】　聖騎士伯。

ホータン　地【キタ】　やや西寄りにある古くからの首都。巨大な人口と活発な商取引。

ボーラン　男【モン】　伯爵。トーラス戦役で死亡。

ポーラン　男【ケイ】　伯爵。近衛長官。

『星が歌った歌』　芸　サイロンのはやり歌。

星の森　地【パロ】　マルガの北の郊外の森。

星船　交　地上に現われた宇宙船の総称。銀色の一つ目の巨人兵器でカナンを攻撃した円盤状のものや、それを攻撃してともに墜落した葉巻状のもの、その母艦、グル・ヌーから飛び立ったランドシアなどが代表的。他にも、ガング島に墜落したものや、東方に墜落した竜頭人身族のものなど、多数のものが存在すると云われる。クラーケンやフモールとの関係も指摘される。

ボッカ　風【パロ】　中原でポピュラーなゲーム。碁盤のような盤上で山形の駒を動かして勝負する。

北方諸国　地【北】　中原の北にある諸国。氷雪の国。

ボノー　男【モン】　魔道士。ノスフェラス遠征軍の参謀。

炎の竜　神　少女シレーンをさらった竜。

ボルゴ・ヴァレン　男【アグ】　国王。アルミナの父、ディアナの夫。

ホルス　神　ヤヌス教の神の人柱。

ホルス騎士団　軍【新ゴ】　十二神騎士団の

一。伝令専門部隊。
ボルボロス 地【モン】 ユラニアとの国境近くの城砦都市。
ホルムシウス 男【ケイ】 白象将軍。高齢。大兵肥満。

マ

マーリア 位 レントの海に住む人魚姫。
マール公爵 男【パロ】 マリアを中心とするマール公爵領の領主。文人。現公爵は男性としては最長老の王族。
マイ・ルン 男【新ゴ】 イシュトヴァーン親衛隊所属の隊長。
マイラス 地【自】 ケイロニア‐ユラニア間の都市。
マイラス 男【ケイ】 バルファン参照。
マイルス 男【パロ】 リギアの副官。
マイロン 男【ケイ】 ディモスとアクテの長男。金髪。八歳。
マイロン 男【パロ】 ランズベール騎士団大隊長。リュイスの腹心。
マイン 地【ケイ】 サイロンとランゴバルドのほぼ真中に位置する宿場町。
マウリア 植 大きな茂みを作る木。
マウリアの園 建【ケイ】 黒曜宮の庭園。
マウロ 男【外】 《調整者》の一員。カナンに墜落した星船の提督。グインの幻視に登場。
魔界 魔 妖魅と魔物の支配する世界。現世とは黄昏の国を挟んで接している。
マカラオ 風 パズルのような組み合わせ遊び。年配の女性に人気。
マギウス・ドラウクス 男【パロ】 アムブラの学生。ナリスの狂信的支持者。故人。
マグノリア 植 ダリア島特産の花。

マグノリア祭　宗【沿】　ダリア島最大の祭。

まじない小路　地【ケイ】　サイロンのタリッド地区の小路。魔道師の集まるあやしげな場所。

まじない玉　魔　魔力のもととなる魔道師の道具。水晶で作られていることが多い。

まじない杖　魔　魔力のもととなる魔道師の道具。複雑な模様が刻み込まれた杖。

まじないの文言　魔　魔道の《気》を高めるために唱える言葉。魔道の基礎。

まじない紐　魔　魔力のもととなる魔道師の道具。魔道師ギルド員は帯にして腰に巻く。

マス　男【新ゴ】　グインにより殺害された兵卒。

鱒と鯉亭　建【パロ】　クリスタルの食堂。

マップ　男【ライ】　ジックの部下。

マデウス　男【ケイ】　書記長。

魔道　魔　時間、次元、精神の三つを対象とした、物理学とは軸を異にする超科学の体系。物質界に対応するエネルギー界をつかさどる。バンビウスを祖とし、アレクサンドロスの制定した魔道十二条によって白黒両魔道に分裂した。

魔道液　医　魔道師の作る一口で乾きの癒える水。

魔道騎士団　社【パロ】　パロ政府に魔道士として正式に所属している魔道士の団体。

魔道士　魔　魔道をもって国に仕える魔道師。

魔道師　魔　特殊な訓練によって半ば精神生命体と化すことにより、魔道の体系に従ってさまざまな力を発揮することを可能とした者。狭義では魔道師ギルドから営業免許を与えられ、魔道を職業とする資格を得た者。

魔道士ギルド　社【パロ】　王宮の魔道士のギルド。本拠は魔道士の塔。

魔道師の掟　魔　魔道師の行動に対するさま

ざまな制約の総称。魔道十二条などが含まれる。

魔道師の首 魔【南】 ヴーズーの魔道の術。魔道師の干し首を使って呪いをかけたり、人を操ったりする。

魔道師の呼吸法 魔 魔道師が自らの《気》のパワーを回復するために行なう呼吸法。

魔道師の視力 魔 瘴気やオーラ、遠方のものや闇の中のものなど、現実の視力では見えないものを見る、魔道師独特の訓練された視力のこと。

魔道師の城 建【パロ】 魔道師ギルドに所属する魔道師が修業を行なう場所。人里離れた山中にある。

魔道師の誓約 魔 魔道師には決して破ることのできない唯一の誓い。魔道師の言葉には言霊が宿るため、いったん口にした言葉を反古にすることはできなくなる。

魔道士の塔 建【パロ】 クリスタル・パレスの塔。魔道士ギルドの所在地。

魔道師の塔 建【パロ】 クリスタル・パレス南側の塔。パロ魔道師ギルドの本拠であり、ギルドそのものを指す言葉でもある。

魔道師の七つ道具 魔 魔道の力を高める道具の総称。

魔道師の輪 魔 魔道師が額にはめている輪。

魔道士派遣ギルド 社【自】 国の要請に応じて魔道士を派遣するギルド。

魔道酒 医 魔道師の体力を回復するための酒。

魔道十二条 魔 魔道師の行動に関する制約のひとつ。魔道師ギルドをはじめとする白魔道師の規範。魔道師の力が強大になるのを防止するためにアレクサンドロスが制定し、のちにシルキニウスにより整備された。

魔道食 魔 魔道師の特殊な食物。身体を魔道により適した体に作り変える効果があり、数日に一度は食する必要がある。
魔道陣　魔　魔道に対する防御の力を高める陣。
魔道水　医　魔道液参照。
『魔道の書』　書　魔道の歴史や偉大な魔道師などについて記した書。『ヴァーサム記』などからなる。
魔道歩行術　魔　空中歩行の術参照。
魔道薬　医　さまざまなものが調合された魔道師の薬。体力を回復させるものなどがある。
マドラ　地【パロ】　大都市。領主はベック公爵ファーン。
魔の胞子　魔　キタイの黒魔道の術。針のようなものを他者の体内に寄生させ、《気》を吸わせて成長させ、最終的には脳全体を乗っ取らせて操る。症状が進むと寄生されたものは廃人になる。
マライア　女【ケイ】　前皇后。アキレウスの妻、シルヴィアの母。故人。
マリア　地【パロ】　マール公爵領の中心都市。マール公騎士団が常駐。美しい尖塔で有名な寺院がある。
マリア公爵　位【パロ】　リスボス参照。
マリア子爵　位【パロ】　アマリウス参照。
マリーサ・カラス　女【ライ】　海賊。ユーラの母。女だてらに大親分とうたわれた。
マリウス　神　さまざまな冒険を経たのち、イリスによって変身させられてしまった青年。
マリウス　男【パロ】　吟遊詩人。アル・ディーン参照。
マリウス・オーリウス　男【モン】　伯爵。青騎士団司令官。マルス・オーリウスの息子。トーラス政変後に捕らえられ、アルセイスで幽閉中。
マリオン　神　イラナによって鹿に変えられてしまった美男子。
マリス　女【モン】　アムネリスの従妹。トーラス戦役後に処刑された。
マリディウス 神 海に向かって「私を通すために割れよ」と傲慢に命じた王。
マリナ 女【パロ】 マルガ離宮の侍女。
マリニア 女【ケイ】 皇女。アル・ディーンとオクタヴィアの長女。金褐色の巻毛、大きなあどけない目の赤ん坊。生まれつき耳が不自由だが、いつも機嫌がいい。
マリニア 植 白い小さな草花。
マリンカ号 動【パロ】 リギアの愛馬。茶色の大きな瞳のおとなしい牝馬。
マル 男【カナ】 ハンナの祖父。故人。
マルーク 語【ケイ】 国や王族などを讃える言葉。
マルーナ 地【ケイ】 サイロンの南東の都市。
マルガ 地【パロ】 森と湖に囲まれた中部の美しい都市。王族、貴族、富豪たちの別荘が並ぶパロ一の保養地。人口六千人。風光明媚、おだやかな気候。リリア湖の漁が主産業。パロ内乱で神聖パロ王国の首都となり、マルガ攻防戦で壊滅状態となった。
マルガ街道 地【パロ】 マルガとクリスタルを結ぶ街道。
マルガ守護隊（マルガ騎士団） 軍【パロ】 マルガに常駐する軍隊。団長はミルキウス。
マルガ伯爵 位【パロ】 マルガの領主。アルド・ナリス参照。
マルガ保護法 社【パロ】 マルガの景観を保護するために建築物の様式を制限した法律。アルバヌス二世が制定。
マルガ離宮 建【パロ】 聖王家がマルガに所有する別荘。美しいカナン様式で知られ、《マルガの白鳥》と呼ばれる。パロ内乱の際に神聖パロ王国の王宮となった。
マルクス・アストリアス 男【モン】 警察長官兼官房長官。トーラス戦役後に処刑された。
マルコ　男【新ゴ】　イシュトヴァーン親衛隊隊長にして第一の側近。ヴァラキア出身。独身。ドライドン騎士団の一員からイシュトヴァーン直属の部下となった。
マルコム・グレイ　男【ライ】　ラドゥ・グレイの母方の祖父。《黒い海賊》。若き日のクルドの首領。故人。
マルシア　地【パロ】　カレニア北部、サラミスとの境付近の都市。
マルシア山　地【パロ】　カレニア北部、サラミスとの境付近の山。
マルス　男【モン】　マリウス・オーリウスが父の跡を継いで名乗った名前。
マルス・オーリウス　男【モン】　伯爵。マリウス・オーリウスの父。ノスフェラスで戦死。
マルティニアス　男【パロ】　聖騎士伯。のちに聖騎士侯。パロ内乱ではレムス軍の副将にして実質的な最高指揮官として戦った。
マルト　植【ノス】　外の果皮は固いが実は水気が多く、割ると水や食物のかわりになる。
マルラスの義務　魔　魔道師の誓約と、魔道師が恩義に対してかえさなくてはいけない義務についての掟。
マルリアの廊下　建【ケイ】　黒曜宮、王妃宮の回廊。
マルロ　男【パロ】　マルガ離宮の小姓。
マロ　地【パロ】　サラミスとエルファを結ぶ街道筋の山中の町。人口二、三千人。
マロン　男【ゴー】　イシュトヴァーンの小姓。
マロン　男【パロ】　ナリスの小姓。十五歳。
ミアイル　男【モン】　公子。ヴラドの長男、アムネリスの弟。故人。
ミーア　地【パロ】　クリスタル東側郊外の町。
ミース　男【パロ】　聖騎士伯。

ミート 男【モン】 アレナ通りの仕立て屋。

ミード 男【パロ】 パロ魔道師ギルドの上級魔道師。

ミーナ 女【パロ】 アムブラの娼婦。若き日のオー・タン・フェイの恋の相手。

ミーラ 地【パロ】 イーラ湖北側の小さな町。

ミール 男【沿】 《ニギディア》号乗組員。

ミシア 女【パロ】 アムブラの女学生。アムブラ弾圧後、サイロンへ移住。

水鏡の術 魔 離れた場所の様子を水鏡に映し出す。

蛟が池 地【鏡】 ハイラエの湖。藻が繁茂し、青味泥色に染まっている。亀の化物が住む。

ミズバシリ 動 水スマシ。

ミダス 地【沿】 レント海の島。

ミダの森 地【モン】 トーラス近郊の森。

ミッサム 植 実は食用で、真紅に輝き、香り高い。

ミト 男【モン】 アレナ通りの牛乳屋。

『緑のケイロン』 芸 ケイロニアの国歌ともいうべき歌。

ミナス 男【パロ】 マルガ離宮の小姓。

南アールス 地【カナ】 カナン市の町。

南イラス川 地【パロ】 イラス川の南に流れる川。

南大門 建【パロ】 クリスタル・パレスの門。

南風の塔 建【パロ】 クリスタル・パレスの南端の塔。幽霊が出るという評判がある廃虚。

南キタイ海 地 キタイの南に広がる海。

南クリスタル大橋 建【パロ】 クリスタルの南部にある橋。

南クリスタル区 地【パロ】 クリスタルの南側の地区。クリスタルの事実上の文化、経済の中心たる商業地区。

南ケイロン街道　地　【ケイ】　サイロンからヤーランまでを結ぶ街道。

南の海　地　コーセアの海の南に広がる海。

南の宮　建　【パロ】　クリスタル・パレスの南端にある建物。南風の塔が建つ。

南パロス平野　地　【パロ】　中南部の平野。カレニア、サラミスなど。

南ライジア島　地　【ライ】　アルバナ群島のなかで最も大きく人口も多い島。ダリア島から約一千モータッド。白を基調とした、北ライジアに比べると平和な島。

南ランズベール門　建　【パロ】　クリスタル・パレスの門。

南レントの海　地　レントの海の南に広がる海。アルバナ群島などが含まれる。

見習魔道師　魔　魔道師ギルドで修業しているが、魔道師免許をまだ得ていないもの。

ミニア　女　【ケイ】　ハゾスとネリアの娘。

ミネア　女　【パロ】　リーナスの妻。二人の子の母。

ミノースの迷宮　建　【不】　牛頭の怪物ギュラスが住んでいたと云われる宮殿。

ミャオ　動　猫。

ミュゼウ　地　【ライ】　北ライジアの近くの小さな島。ライジアの尻尾。

ミラ大橋　建　【パロ】　ダーナムの南、ミラ川にかかる橋。

ミラ川　地　【パロ】　ダーナムの南を流れる川。ミラ大橋がかかる。

ミル　男　【パロ】　ナリスの小姓。マルティニアスに殺害された。

ミルヴァ　地　【自】　パロ国境近くの都市。

ミルキウス　男　【パロ】　マルガ騎士団団長。

ミルチャ　植　【カナ】　その葉の冠は、カルラア神殿での即興詩人のトーナメントの勝者に与えられた。

ミルナ 女【パロ】 マルガ離宮の古参の侍女。

ミレニウス 男【モン】 タノム伯爵の息子。デリアの夫。イシュトヴァーンに殺された。

ミロ 男【ライ】 ジックの部下。

ミロク教 宗 世界各地に広がりつつある新興宗教。草原の南の沿岸地方やモンゴールなどを中心に広がりを見せている。一切の殺生、快楽、虚言などを否定し、転生を信じる。シンボルはミロク十字架。

ミロク十字 具 ミロク教徒の象徴的なアイテム。上に円のついたT字型をしている。

ムイ 地【自】 ケイロニア - パロ間の小さな集落。

ムイリン（ムイ） 男【アル】 スカールの小姓。二十歳。

ムー・イン 男【新ゴ】 ドライドン騎士団の幹部。

ムース 男【ケイ】 建設庁長官。

ムース 男【自】 イレーンの助役末席。

ムータ貝 動 ヴァラキアで採れる貝。新鮮なものは生で食べられる。

ムール 地【パロ】 イーラ湖北側の小さな町。

ムカシトカゲ 動 ルードの森に住む、真っ赤な目を持つ小さなトカゲ。

ムガル 地【パロ】 マルガ街道沿いの小さな町。マルガのやや北。

ムシュク 地【パロ】 クリスタル南側近郊の小さな町。

『娘たちが花を摘む』 芸 パロの舞曲。ちょっと速くて心の浮き立つ曲。

ムック 植 ライジアの植物。巨大な黄色い実は食用で汁気たっぷり。

ムナム 地【パロ】 北部の町。

ムラン 男【カナ】 アリンの下男。ミヤの婚約者。故人。

ムラン峠 地【自】 シュクの北の峠。

メア　女　【新ゴ】　アムネリス付きの侍女。

女神荘　建　【パロ】　リリア湖の女神島にあるパロ聖王家の別荘。第六十七代聖王アルミスが建築。

女神島　地　【パロ】　リリア湖の真中に浮かぶ小さな無人島。パロ聖王家の所有する女神荘やリア女神の小さなほこらがある。

女神通り　地　【パロ】　クリスタルの通り。

女神の間　建　【ケイ】　黒曜宮の一室。非公式の謁見の間。

メディア　女　【パロ】　ワリスの義理の姪。ささいなことでレムスにとがめられ、二十一歳で斬首された。

メディウス　神　オフィウスの弟。忘れることが出来なくなる呪いをかけられた。

目なしトルク　動　もぐら。

メル　男　【パロ】　ナリスの小姓。

メンティウス　男　【モン】　青騎士団長官。故人。

モウィ　植　カラヴィアの植物。冬に取れる果実は食用となる。

モー　単　長さの単位。およそ一モーは一ミリメートルに相当。

モース　男　【パロ】　侍医。博士。ナリスの主治医。

モータッド　単　長さの単位。およそ一モータッドは一キロメートルに相当。

モーリス・コント　男　【パロ】　アルフリート・コントの弟。故人。

モール　男　【ノス】　ラゴンの若い男。ラナの婚約者。ドードーの後継者候補筆頭。

モールト　単　容積の単位。酒類を量るときに使用。

モス　神　草原の大神。信者はモスに捧げる詠唱を行なう。

モック　男　【ケイ】　グインの近習。

没薬 医 東方の寺院の香のような甘いかおりのする薬物。心を沈静させ、黒蓮の粉ほどではないが魔道にかかりやすくする。サルビオの香りのものは葬儀などでも焚かれる。

モモ 男【カナ】 ロッカの赤ん坊。故人。

モリソン 男【沿】《ニギディア》号乗組員。

森トカゲ 動 パロ中部の森に住むうす紅色のトカゲ。

森の人 族【ケイ】 ナタール大森林に住むと云われる謎めいた樹上生活者の一族。

モルダニア 地【パロ】 寒村。アリストートスの出身地。

モルフキン 族【北】 悪い小人。グインに倒された。

モロ 男【カナ】 センデの吟遊詩人仲間。

モンゴール 地【モン】 ゴーラ三大公国の一。首都はトーラス。気候は比較的厳しく、土地は貧しい。ヴラドが一代で築き上げたのち滅亡し、一度は復活したもののトーラス政変により再び滅亡した。

モンゴール国境警備隊（モンゴール辺境警備隊） 軍【モン】 スタフォロス、アルヴォン、ツーリード、タロス砦に駐留する軍隊。傭兵と徴兵によって構成される。

モンゴール独立軍 軍【モン】 ゴーラに対して叛旗を翻した反乱軍。指揮官はハラス大尉。大半は非職業軍人。モンゴール独立の承認などを要求。

ヤ

ヤーナ 地【パロ】 マルガ近くの小さな村落。二十軒ほどの農家のみ。

ヤーナ 地【ケイ】 サイロン近郊の小さな町。

ヤーラン 地【ケイ】 中央山地の南の都市。南ケイロン街道沿い。

ヤーラン伯爵　位【ケイ】　ヤーランの領主。現在は空位。

ヤーン　神【パロ】　運命神にして時の観相者。運命のタペストリを織る。山羊の足、まがりくねった角、長いあごひげ、ひとつ目の老人。その翼が羽ばたくとき、運命の激動がはじまる。

ヤーン騎士団　軍【新ゴ】　十二神騎士団の中では強力な軍隊。二千人。

ヤーン神殿　建【パロ】　ジェニュアの神殿。ヤヌス大神殿に次ぐ大きさ。アレクサンドロスが最初に現われた場所。

ヤーン庭園　建【パロ】　クリスタル・パレス内の大きな庭園。ヤーンの塔の裏手。

『**ヤーンについて**』　書【パロ】　王立学問所のヤーン研究の書。アルディウスの著作。

ヤーンの摂理　宗　ヤーンがつかさどる運命の法則。

ヤーンの塔　建【パロ】　クリスタル・パレスの西端の塔。地上七階、地下三階。

ヤーンの道　建【パロ】　クリスタル・パレス、ヤーン庭園とロザリア庭園のあいだの道。

ヤーンの目の間　建【ケイ】　黒曜宮、五芒星別館一階の一室。

ヤガ　地【沿】　草原の南、沿海州の南西にある海岸沿いのミロク教徒の町。

ヤヌス　神　ヤヌス教の主神。優しく、慈悲に満ちた双面神。大宇宙の黄金律をつかさどる。

ヤヌス大路　地【パロ】　アルカンドロス広場とヤヌス大橋を結ぶ大通り。

ヤヌス大橋　建【パロ】　十文字に交差して東、南、北の各区と、中州をつないでいる大橋。

ヤヌス街道　地【ケイ】　サイロンの双ヶ丘と風ヶ丘のあいだを抜けて行く街道。

ヤヌス騎士団 軍【新ゴ】 十二神騎士団の一。

ヤヌス教団 社 ヤヌス教を信じる団体。中原全土に巨大な勢力をもつ。パロ聖王家はヤヌス教団の最高の祭司長の家系である。

ヤヌス祭司長 位【パロ】 ヤヌス教団の最高位。デルノス参照。

ヤヌス十二神教 宗 中原で最も信者を集めている宗教。ジェニュアのヤヌス大神殿を総本山とする。各地に十二神と小神々の神殿がヤヌス神殿を中心に建っている。

ヤヌス十二神教団 社 ヤヌス教団参照。

ヤヌス神殿大祭司長妃 位【パロ】 ラーナ大公妃の正式な地位。

ヤヌス大神殿 建【パロ】 ジェニュアの丘の頂上にある円形の神殿。ヤヌス十二神教の総本山。

ヤヌス通り 地【パロ】 北クリスタル区の目抜き通り。

ヤヌスの塔 建【パロ】 クリスタル・パレスの中心部にある最大の塔。地下深くに古代機械が収められている。

ヤヌス副祭司長 位【パロ】 ヤヌス教団で祭司長に次ぐ地位。バラン参照。

闇王国 魔 魔道の支配する王国。パロ聖王国の前身パロスなどを指す。

闇の回廊 魔 ヤンダル・ゾッグ支配下のクリスタル・パレスに出現した異次元の回廊。現実の回廊と重なっている。

ヤム 男【ライ】 ラドゥ・グレイの部下。ナント島でカルホンに食われた。

ヤルナ 地【パロ】 ダーナムの南、マルガ街道沿いの小さな宿場。

ヤン・イン 男【新ゴ】 イシュトヴァーン親衛隊第二隊長。二十三歳。

ヤン・ゲラール 男【キタ】 望星教団の教主。リー・リン・レンと同盟し、ヤンダル

・ゾッグに反乱を起こした。

ヤン・ミェン　男【カナ】　見習剣闘士。サラーの恋人。昇級試合で敗れた後に自殺。

ヤンダル・ゾッグ　男【キタ】　竜頭人身の魔道王。遠い惑星からやってきたインガルスの竜人族の末裔。レムス一世に憑依してパロを支配し、パロ内乱を引き起こしたが、キタイでの大規模な反乱により、撤退を余儀なくされた。

ユアン　男【パロ】　ナリスの小姓。

ユー・ロン　男【新ゴ】　イシュトヴァーン親衛隊所属の隊長。

ユーニス　男【パロ】　クリスタル義勇軍副官。

ユーフェミア　植　白とうす紅色の花。

ユーミス　男【ケイ】　ディモスとアクテの三男。金髪。一歳。

ユーラ　地【パロ】　サラミス城近くの小さな集落。五十戸ほど。

ユーラ　女【パロ】　マルガ離宮の侍女。ガイウスの娘。シーラとともにシンシアを誘拐し、その後シーラに刺殺された。

ユーラ　女【ライ】　海賊マリーサ・カラスの娘。

ユーライ　神　木霊の精。人の言葉をねじまげたかたちでしか返すことの出来ない呪いをかけられた。

ユーライカの瑠璃　具【ケイ】　グインを守護する秘宝。青い輝きを持つ。

ユール　男【パロ】　ナリスの小姓。

ユエン　男【沿】　《ニギディア》号乗組員。ジックに焼殺された。

ユカイ　男【ライ】　海賊。《残虐男》。

ユゴス　地【外】　生命の源なる星。竜頭人身族の先祖が発見。《フモール》が存在。

ユディトー　地【新ゴ】　最北端、ケス河沿いの城砦都市。

ユナ 女【ケイ】 ラムの妹。

ユナス 男【モン】 伯爵。アムネリス、ミアイルの叔父。もと靴屋。故人。

ユノ 地【パロ】 北部国境近くの都市。

ユノ街道 地【パロ】 北部の街道。

夢の回廊 魔 眠っている人間の夢を伝わることにより、その脳に入り込むことのできる精神的な通路。

ユラ 地【パロ】 ダウンの隣村。

ユラ山地 地【新ゴ】 ユラニア北部とルードの大森林をへだてる山地。ユラニア北部をノスフェラスからの瘴気から守っている。

ユラス 地【新ゴ】 東部の城砦都市。

ユラニア 地【ユラ】 ゴーラ三大公国の一。首都はアルセイス。豊かで肥沃な平野が広がる。北部は旧開拓地方と呼ばれる森林地帯で、いくつかの大きな都市もある。モンゴールと異なり、ユラ山脈によってノスフェラスの瘴気から守られて発展した。パロと並ぶ古い国だったが滅亡し、ゴーラ王国となった。

ユランバウム星 地【外】 カナンを攻撃し、墜落させられた星船の母星。

ユリア・ユーフェミア 女【ケイ】 オクタヴィアの母、アキレウスの愛妾。ユラニアの伯爵令嬢。故人。

ユリアス 男【ケイ】 ベルデランド侯爵。タルーアンの血をひく。

ユリアン 男【パロ】 ナリスの小姓。

ユリウス 男【ノス】 グラチウスの部下。普段は黒髪、黒い瞳、真紅の唇の美男子だが、正体はカローンの淫魔族の生き残りの化物。

ヨウィス 族 中原中を定住せずに漂泊する部族。激しく、一途なことで知られ、即興の歌や舞踏などをなりわいとする。

佯死の術　魔　ある特殊な薬を服用することにより、本当の死と区別のつかない仮死状態にする秘術中の秘術。身体、精神を損なう危険を伴う。

傭兵　社　報酬を受け取って雇われる兵隊。基本的には職業軍人の下で戦いに参加することが多い。俗説として、傭兵と正騎士との最大の違いは剣の誓いをして雇われたかどうかだ、とも云われる。

ヨー・サン　男【パロ】　クリスタル魔道士団所属の一級魔道師。

ヨーグ　族【外】　カレナリア星系のエネルギーを吸い尽くし、第三惑星の文明を破壊した生物。未確認のまま消滅して《有害生命体》として指定された。アモンと類似。

ヨーム　動　メダカ。

ヨナ・ハンゼ　男【パロ】　元神聖パロ王国軍参謀長。長い黒髪、灰色の目、青白い顔、痩身。王立学問所史上最年少の助教授。グインの命に従って古代機械を停止させた。

夜泣きフクロウ　動　ルードの森に住む鳥。女の啜り泣きのような不気味な声で鳴く。

ヨミの国　地【鏡】　鏡の国と《ヨミの門》で隔てられた闇の国。

ヨミの兵士　軍【鏡】　ヨミの国の兵士。ヨミの国の魔道の産物で、ウリュカに操られていた。

ヨミの門　地【鏡】　ヨミの国と鏡の国を隔てる門。

ヨランデルス　男【パロ】　ラン、ヨナとともに古代機械研究に携わった研究者。

ヨンダ　神　カレニアなどで恐れられる森の精霊の主。森の精ルシエルたちを率いている。

ラ

ラーグ　単【外】　星船の文明における時間の単位。タルより長く、タルザンより短い。

ラーナ・アル・ジェーニア　女【パロ】　最年長の王族。大公妃。アルシスの妻、ナリスの母。敬虔なサリアの教徒で、端麗だが権高な険しい顔立ち。パロ内乱ではナリスを激しく非難した。

ラーバ　男【カナ】　剣闘士。昇級試合後にヤン・ミエンに刺殺された。

ライアー　男【パロ】　伯爵。官房長官。近衛長官、大蔵長官を歴任した大貴族。アモンの魔道により頭をエルハンに変えられる。

ライアス　男【モン】　黄色騎士団司令官。

ライオス　男【ケイ】　ダナエ侯爵。

ライク　動　うなぎ。

ライグ　単【外】　星船の文明における時間の単位。ザンと同じくらい。

ライゴール　地【沿】　沿海州連合の自治都市。パロ内乱では中立。

ライジア　地【ライ】　南レントの島。細いライジア水道で分けられた北ライジア島と南ライジア島からなる双生児の島。北ライジアを中心に海賊の本拠となっている。人々は移民の黒人種が中心だが、奥地には原始的な《古レント民族》が暮らしていると云われる。

ライジア水道　地【ライ】　北ライジアと南ライジアのあいだの細い水道。

ライダゴン　神　雷神。ダゴン三兄弟の次兄。

ライタン　神　悪魔の漁師サタヌスにすなどられた巨大な魚。

ライヌス　男【パロ】　カリナエ小宮殿の侍従長。

ライヤ　女【ケイ】　シルヴィアつきの女官。ディモスの遠縁。

ライラ　女【ライ】　《波乗り亭》の女主人。

黒人。

《ライラ》号　交【ライ】　ラドゥ・グレイの三番手の船。八百七十ドルドン。九十人乗り。船長はコンギー。

ラヴィニア　植　美しい花。

ラウグ　単【外】　星船の文明における時間の単位。ライグよりやや長い。

ラウス　男【パロ】　聖騎士子爵。ボース、ルハスの弟。青い目。

ラウラ　女【パロ】　マルガ離宮の侍女。シーラの妹。栗色の髪。シーラに刺殺された。

ラウル　男【ケイ】　ディモスとアクテの次男。四歳。

ラオ　男【ケイ】　グインの小姓組組頭。

ラカン　男【パロ】　侯爵。アルシアの父。

ラキス　男【パロ】　聖騎士。太め。

ラク　族【ノス】　セム族の一部族。現在の族長はシバ。前族長はロトー。

ラグ　単【外】　星船の文明における時間の単位。およそ数カ月に相当。

ラク・オアシス　地【ノス】　ラク谷の中央のオアシス。

ラク谷　地【ノス】　南西部の谷。セムの村がある。

ラクの村　地【ノス】　ラク谷にあるセム族の村。《鬼の金床》の北。ケス河から二昼夜ほどの距離。

ラゴール　怪【パロ】　クリスタル・パレスでレムスが使っていた水牛のような顔の半人半獣の怪物。地下世界にしか住めない生物で、非常に巨大化したものがギュラス。

ラゴン　族【ノス】　毛むくじゃらの巨人族。身長二タール以上。族長は勇者ドードーと賢者カー。ノスフェラスの瘴気が生みだしたと云われる。人間よりも寿命は長い。アクラの神を信仰している。

ラサール侯爵 位【ケイ】 十二選帝侯の一。ルカヌス参照。

ラシュム 男【ライ】 ラドゥ・グレイの部下の船医。

ラドゥ 男【ハイ】 太古の帝王。故人。

ラドゥ・グレイ 男【ライ】 ライジアの海賊を統一した海賊王。クルドの血を引くとも云われる。漆黒の肌、青い目、黒髪、口髭、大柄な長身。ナントの財宝を見つけ出した。

ラナ 女【ノス】 ラゴン族、ドードーの娘。モールと婚約中。

ラム 男【ケイ】 グインの近習。四人の弟妹がいる。二十五歳。

ラム 男【パロ】 マルガ離宮の近習。

ラン 男【沿】 イシュトヴァーンの海賊時代の右腕にして大親友。ライゴール出身。浅黒い肌、黒い大きな瞳。イシュトヴァーンを助けてジックに斬殺された。

ラン 男【パロ】 アムブラの学究にしてクリスタル義勇軍司令官。レティシアの夫。ヨナの親友。黒髪、灰色の目、浅黒い肌。カラヴィア出身。古代機械の研究にあたった。マルガ攻防戦で戦死。

ラン 単 通貨の単位。十分の一ラン銅貨、五分の一ラン銀貨などがある。

ラン・チョウ 地【キタ】 キタイの西側国境の町。

ランゴバルド 地【ケイ】 十二選帝侯領の一。サイロンの東、やや北部に位置する。ケイロニアきっての保養地として知られる。

ランゴバルド街道 地【ケイ】 ランゴバルドからナタリ湖南岸へ抜ける街道。

ランゴバルド侯爵 位【ケイ】 十二選帝侯の一。ハゾス・アンタイオス参照。

ランゴバルド城 建【ケイ】 ハゾス・アン

タイオスの巨大な居城。
ランス　男【新ゴ】　ヤヌス騎士団司令官。モンゴールの貴族だが、イシュトヴァーン軍に身を投じた。
ランズ　地【パロ】　イーラ湖からランズベール川へ流れ込む河口の町。
ランズベール大橋　建【パロ】　クリスタル・パレスと北クリスタル区を結ぶ橋。
ランズベール街道　地【パロ】　ランズベール通り参照。
ランズベール川　地【パロ】　クリスタルから東へ流れ、自由国境地帯の山奥の無名の湖に流れ込んでいる川。
ランズベール侯爵　位【パロ】　ランズベール城を預かる。キース参照。
ランズベール城　建【パロ】　クリスタル・パレスの北側の入口を守る城。中心にランズベール塔がある。パロ内乱では一時ナリス軍の本拠地となったが落城し、炎上した。
ランズベール塔　建【パロ】　ランズベール城の塔。貴族、王侯や政治囚たちの重罪監獄。ネルヴァ塔よりやや高い。パロ内乱のランズベール城攻防戦で焼失した。
ランズベール通り　地【パロ】　クリスタルの通り。北市門とランズベール大橋を結ぶ。
ランズベール広場　地【パロ】　ランズベール大橋のたもとにある広場。アルカンドロス広場よりはかなり小さい。
ランズベール門　建【パロ】　クリスタル・パレスの北側の門。北大門。
ランダーギア　地【南】　古代王国。中原とは異なる言語と風習を持ち、文化的には未開の部分が多い。黒人種が中心で、密林には猿と人のあいだのような人種が王国を作っているとも云われる。
ランダド　動　カエル。

ランド 男【パロ】 オヴィディウスの部下。リーズに刺殺された。

ランドシア 交【外】 グル・ヌーの地下に眠っていた星船。グインがかつて船長を務めていた。母星はランドック。グインの命令により三千年ぶりにグル・ヌーから離陸し、自爆のためアモンを閉じこめたまま宇宙を航行。

ランドック 地【外】 アリシア星系第三惑星。女神アウラ・カーのおさめる《天上の都》。グインがかつて皇帝として君臨していたらしい。

リア 神 ドライドンの娘。リリア湖の守り神。水蛇族の王リーガとの悲恋で知られ、その涙がリリア湖になったという。

リア 女【パロ】 ラーナ付きの女官。

リアード 神【ノス】 ラゴンの伝説に登場するアクラの使者。グインを指す。

リアス 男【パロ】 ローリウスの副官。

リアス 男【パロ】 マルガの前市長。

リー・タン 女【パロ】 オー・タン・フェイの妻。

リー・トウ 男【クム】 若い将軍。

リー・ファ 女【アル】 グル族の娘。スカールの妻。故人。

リー・ムー 男【新ゴ】 イシュトヴァーン親衛隊大隊長。のちに将軍。二十歳。

リー・リン・レン 男【キタ】 ホータンの《青星党》の首領。望星教団のヤン・ゲラールとともに中心となってキタイ全土で反乱を起こした。

リー・ルン 男【新ゴ】 イラナ騎士団司令官。トーラス政変後、トーラス総督に任ぜられた。

リーガ 神 水蛇族の王。リア女神と恋に落ち、彼女を奪って逃亡するが、彼女の父ドライドンにより殺された。

リーガン　男【モン】　伯爵。リカードの長男。ノスフェラスで戦死。

リース　男【ケイ】　サルデス騎士団団長。

リーズ　男【パロ】　聖騎士伯。ルナンの遠縁。パロ内乱ではナリス側に与し、マルガ攻防戦で戦死。二十三歳。

リーナス　男【パロ】　聖騎士伯にして官房長官。リヤの長男、ミネアの夫、二人の娘の父。金髪、青い目。何者かに暗殺された後、ヤンダル・ゾッグによってゾンビーにされた。グインのスナフキンの剣によって崩壊。

リーム　男【モン】　近衛長官。

リーラ川　地【自】　ケイロニアからオロイ湖に流れ込む川。

リーラ鳥　動　か弱い鳥。

リーラン　地【自】　リーラ川沿いの町。

リーロ・ソルガン　男【ユラ】　ミロク教徒の少年。アリストートスに惨殺された。

リカード　男【モン】　伯爵。リーガンの父。アルヴォン城の元城主。

リガヌス二世　男【パロ】　パロの昔の聖王。

リギア　女【パロ】　聖騎士伯。黒髪、黒い瞳の美女。ルナンの娘、ナリスの乳兄弟。パロ内乱ではナリス側に参加したが一時離脱した。スカールと恋愛中。

リスボス　男【パロ】　昔のマリア侯爵。マルガの初代領主。リリア湖の女神島にリア女神をまつるほこらを建てた。

リチウス　神　カナンをせめほろぼす役割をひきうけることになったヤーンの使い。

リティアス　男【パロ】　ロードランド子爵、准将。パロ国王騎士団副団長補佐。

リティウス　男【パロ】　武将。パロ内乱ではレムス側に参加。

リヌス 男【パロ】 クリスタル騎士団第二大隊長。

リム 地【パロ】 マルガの北東郊外の村。

リヤ 男【パロ】 公爵にして元宰相。リーナスの父。キタイの傀儡となっていたという疑いがかけられている。故人。

リュイ・ターの竜騎兵 軍【キタ】 ヤンダル・ゾッグ直属の竜頭人身の騎兵。《竜の門》。身長二タール前後。パロ内乱ではレムス軍の一部を率いた。

リュイス 男【パロ】 ランズベール侯爵。シリアとキースの父。パロ内乱の際にはナリス側に参加し、ランズベール城の戦いで戦死。

リュース 男【ケイ】《竜の歯部隊》中隊長。

リュート 具【カナ】 和絃をかなでる楽器。

リュード 神 気がつかないあいだに何年もたっていた人物。

リュード・ハンニウス 男【パロ】 カレニア衛兵隊大隊長。パロ内乱ではナリス側に参加。

竜の歯の伝説の兵士 神 竜の歯から産まれてどんどん増えていったという兵士。

竜の歯部隊 軍【ケイ】 最精鋭部隊。グイン直属の特殊親衛隊。正規の一千人と予備の一千人で構成される。隊長はガウス准将。ハイナムの水竜の旗印、黒い鎧兜、銀色の龍の紋章。厳しい訓練により情報収集、命令伝達能力、軍事技術、語学、医学などに優れ、グインの命令を絶対とする、グインのいわば「生きた兵器」。その名はハイナム第一王朝の竜王ナーガ一世が竜の歯を地面になげたところこの世でもっとも強力な軍勢が生まれた、という故事に由来している。

龍の門 軍【キタ】 リュイ・ターの竜騎兵参照。

龍馬　怪【鏡】　ハイラエ、蛟が池に住む竜頭の河馬のような生物。

緑晶宮（緑晶殿）　建【パロ】　クリスタル・パレス、水晶殿内の南西の宮殿。国賓などをもてなす。水晶の塔がある。

緑曜宮　建【ケイ】　黒曜宮内、七曜宮に属する宮殿。銀曜宮の南の小さな家庭的な宮殿。

リラ　植　カナンの花。

リラン　男【パロ】　ナリスの小姓。

リリア湖　地【パロ】　マルガに接する美しい湖。風光明媚なパロ一の保養地で、湖畔には王族や貴族の別荘が数多く建っている。女神島が浮かぶ。守り神はリア女神。

リンダ　女【パロ】　伝説の予知者姫。

リンダ・アルディア・ジェイナ　女【パロ】　現聖女王。元神聖パロ王国王妃。ナリスの妻、レムスの双児の姉。暁の色の紫の瞳、プラチナブロンドの髪の絶世の美女。優れた予知能力者。パロ内乱ではレムスの手により一時クリスタル・パレスに幽閉されたがグインに救出された。ナリスの死後、解放されたクリスタルに入り、パロの新女王として即位した。

リンデル　男【パロ】　カラヴィア騎士団所属の騎士。クィランの副官。

リント　男【モン】　ノスフェラス遠征隊の隊長の一人。

ルアー　神　軍神。太陽神。戦いと公正と勝利の神。いさぎよく逞しく美しい戦士。馬車に乗って天空をかける。

ルアー騎士団　軍【新ゴ】　十二神騎士団の中枢で最強の軍隊。イシュトヴァーン直属の旗本隊。二千人。

ルアー神殿　建【パロ】　ジェニュアにたつ神殿。

ルアーの血の星　宗　額の右側の髪の毛のは

えぎわにあるほくろのこと。南方の人相学では残虐な運命をもたらすものとされる。
ルアーの塔 建【パロ】 クリスタル・パレスの塔。ヤヌスの塔の西。やや細身で美しい。
ルアーのバラ 植 ルノリアの別称。
ルイス 男【パロ】 ナリスの小姓。
ルー 男【パロ】 ナリスの小姓。故人。
ルヴァ 地【ケイ】 サイロン近郊の小さな町。
ルーアン 地【クム】 首都。
ルーカ 食 料理に使われる黄金色の香料。
ルーカの秘毒 医 魔道師ギルドに密かに伝わる暗殺用の毒薬。飲んで二日後に発病し、数日のうちに死亡し、痕跡を残さない。初期ならば解毒薬がある。
ルース 男【パロ】 ナリスの近習長。
ルース 女【パロ】 リーナスの叔母。ルナの母。
ルード 地【モン】 ケス河に接する地方。ルード大森林がある。
ルード 男【パロ】 伯爵。最下位の王族。
ルード大森林 地【モン】 ルード地方に広がる森林。ノスフェラスの瘴気の影響で独特の動物相、植物相を持ち、文明圏から逃げ込んだ古い生物やグールを始めとする怪物が生息している。
ルーナの丘 地【パロ】 クリスタルの南側郊外の丘。クリスタルの丘のとなり。
ルーナの森 地【パロ】 ジェニュア近郊の森。アレスの丘の北東。
ルーバ 地【パロ】 ケーミとシュクのあいだの小都市。
ルーラン 地【パロ】 ダネインに近いカラヴィアの田舎町。
ルールー鳥 動 リリア湖に住む緑色の美しい鳥。声が悪い。
ルーン 単 魔道師の力の単位。

ルーン語　語　主に魔道師が使う言語。
ルーン大庭園　建【ケイ】　黒曜宮の庭園。黄金宮と七曜宮のあいだ。
ルーン文字　語　魔道師や王侯貴族が使用する文字。文字自体がある程度の魔力を持つ。
ルエの森　地【パロ】　マルガの北、アリーナの南に広がる森。
ルエン　男【パロ】　王宮付き一級魔道士。
ルカ　地【パロ】　ダーナムの南、ミラ大橋の北のマルガ街道沿いの町。
ルカ　男【ケイ】　まじない小路の魔道師。《世捨て人》ルカ。
ルカヌス　男【ケイ】　ラサール侯爵。
ルキウス　男【モン】　伯爵。黒騎士団司令官。アルヴィウスの息子。トーラス政変後に処刑された。二十歳。
ルゲリウス　男【パロ】　マルガ市長。
ルシアス　男【パロ】　パロ内乱でレムス側に与した武将。
ルシウス　男【パロ】　若手の聖騎士伯。
ルシエル　神　森の精霊の主ヨンダがひきいる森の精。
ルス　男【新ゴ】　ゴーラ軍の伝令。
ルッカー　男【ライ】　海賊。《串刺し》ルッカー。
ルナ　女【パロ】　カリナエ小宮殿の女官。
ルナ　女【パロ】　オシルスとルースの長女。リーナスの従姉妹。アルシアに刺殺された。
ルナス　男【ケイ】　《竜の歯部隊》第五中隊長。
ルナン　男【パロ】　聖騎士侯。リギアの父。ナリスの守役。パロ内乱ではナリス側に参加。ナリスに殉死した。
ルネ　女【沿】　ダリア島の女軍人。シリアの守役。
ルノリア　植　カラヴィア原産の広葉樹。高さは最大で一・五タール。かおりの高い真紅の美しい花を咲かせる。葉はほのかな赤みを帯びた明るい緑。実は赤く丸く、香りがいいため防臭剤となる。別名「ルアーのバラ」。

ルノリア庭園 建【パロ】 クリスタル・パレス内の庭園。カリナエ小宮殿の隣。

ルノリアの間 建【パロ】 カリナエ小宮殿の一室。主人たちの私用や密談に使用される客間。円形で、ルノリア庭園に張りだしている。

ルバ 男【ノス】 セム、ラク族の若い戦士。

ルハス 男【パロ】 パロの伯爵。ボースの弟。ラウスの兄。

ルビニア 女【ユラ】 公女。オル・カンの三女。紅玉宮事件にて死亡。

ルブリウス 神 男性ばかりを愛したという男性。

ルマの森 地【モン】 トーラス北西の郊外の森。トーラス・タルフォ間のルード大森林の一部。

レイク 男【沿】 《ニギディア》号乗組員。

レイピア 具 細剣。

レオ 男【パロ】 マルガ離宮の近習。ネルスの息子。青い目。捨て身でナリスを暗殺者から守り、死亡した。

レティシア 女【パロ】 アムブラの元女学生。ランの妻、一児の母。

レム 男【ケイ】 ラムの弟。

レムス・アル・ジェヌス・アルドロス 男【パロ】 前国王。アルミナの夫、アモンの父、リンダの双児の弟。輝く銀髪、紫の瞳、痩身。ヤンダル・ゾッグに憑依され、その中原侵略の手先とされた。パロ内乱でケイロニア・ゴーラ・神聖パロ連合軍に敗れ、白亜の塔に監禁され、聖王位を剝奪された。

レムリア　地　【南】　南方諸国のひとつ。謎めいた国。

連星宮　建　【パロ】　クリスタル・パレス内、外郭近くに東西に分かれて広がる宮殿。貴族、貴婦人たちが宿泊場所として借りることができる邸が続いている。

レンティア　地　【沿】　沿海州連合に属する国。

レンティミャオ　動　ウミネコ。

レンティミャオ島　地　【沿】　ウミネコ島参照。

レントの海　地　【沿】　沿海州の南に広がる海。コーセアの海に隣接。

《レントの幽霊》号　交　【沿】　伝説の海賊クルドの船。クルドの財宝を隠した際に部下とともに沈められた。

ロイス　男　【パロ】　護民長官。パロ内乱ではナリス側に参加し、アルカンドロス広場の戦いで戦死。

ロイス　男　【パロ】　聖騎士。ナリスの剣の師範。

ロウ　男　【自】　イレーンの筆頭助役。

ロー　男　【パロ】　導士。ナリスの神学の教師。

ローアン　地　【カナ】　カナンの属国であった島国。意識不明となった王アーニウスの夢にとらわれ、彼の死とともに崩壊したと云われる。

ローザン　男　【モン】　左府将軍。トーラス戦役後に処刑される。

ロータス・トレヴァーン　男　【ヴァ】　ヴァラキアの大公にして領主。聡明で廉直。

ローデス　地　【ケイ】　十二選帝侯領の一。領主はローデス侯ロベルト。黒い山々と湖沼地帯が広がる。パロからの移民の子孫が多い。

ローデス侯爵　位　【ケイ】　十二選帝侯の一。ロベルト参照。

ロードランド 地【パロ】 アラインの近くの都市。国境警備隊の砦がある。

ロードランド子爵 位【パロ】 リティアス参照。

ローラン 男【パロ】 パロの子爵。近衛騎士団第三大隊長。

ローリウス 男【パロ】 カレニア伯爵。ロックの兄。パロ内乱ではナリスのためにカレニア騎士団を指揮し、マルガ攻防戦で戦死した。四十三歳。

ロカンドラス 男【ノス】 白魔道師。三大魔道師の一人。《北の賢者》。神々しさを感じさせる小柄な老人。世捨て人として長年グル・ヌーと星船の研究を行ない、スカールやグインをそこにいざなってその秘密の一端を伝えた。一千歳を越える長寿を誇っていたが、先ごろ入寂し、魂魄のみの存在となった。

ロザリア 植 香料のような強い香りの青い花。魔除けの効果があるとされる。

ロザリア庭園 建【パロ】 クリスタル・パレス内のもっとも広大な庭園のひとつ。後宮の背後。青いロザリアの花を主としてあしらわれている。

『ロザリアのワルツ』 芸 パロの舞曲。

ロス 地【沿】 ケス河口の町。

ロッカ 女【カナ】 ユーカ水売りの女。モモの母。

ロック 男【パロ】 カレニア騎士団大隊長。ローリウスの弟。マルガ攻防戦で戦死。

ロトー 男【ノス】 セム、ラク族の前大族長。スニの祖父。故人。

ロナ 女【新ゴ】 ドリアンのお乳係。

ロバン 地【パロ】 ダーナム郊外のイーラ湖岸の村。

ロブ 男【パロ】 ダウン村の猟師。

ロベルト　男【ケイ】　ローデス侯爵。《黒衣のロベルト》。盲目。アキレウスの腹心にして相談役。

ロボ　動【ノス】　砂漠オオカミの前王。ウーラの父。すでに死亡。

ロマニア　女【パロ】　マルガ離宮の侍女。色っぽい。

ロルカ　男【パロ】　パロ魔道師ギルドの上級魔道師。ナリスの腹心。

ロン・ガン　男【新ゴ】　書記。

ロンザニア　地【ケイ】　十二選帝侯領の一。領主はロンザニア侯爵カルトゥス。黒鉄鉱を産する。

ロンザニア侯爵　位【ケイ】　十二選帝侯の一。カルトゥス参照。

ワ

ワープギルの宴　神　化物が集結して行なわれるおそろしい宴。

ワライオオカミ　怪【モン】　ルードの森に住む半妖の狼。笑い声のような不気味な声でほえる。

ワリス・ダーニウス　男【パロ】　パロの聖騎士侯。ダーナムの領主。パロ内乱ではナリス軍に参加。

ワルスタット　地【ケイ】　十二選帝侯領の一。南端に位置する。有名な穀倉地帯を抱える穏やかな気候の豊かで平和な地方。パロの移民の子孫が多く、容姿にすぐれている。牧羊が盛ん。山ぶどうのワインが特産。

ワルスタット　地【ケイ】　ワルスタット選帝侯領の首都。

ワルスタット街道　地【ケイ】　ケイロニアとパロを結ぶもっとも重要な街道。交通量が多く、よく整備され、宿場宿場も発達している。両側には果樹が植えられ、旅人たちが自由に食べられる。

ワルスタット侯爵 位【ケイ】 十二選帝侯の一。ディモス参照。

ワルスタット城 建【ケイ】 ディモスの居城。ワルスタット選帝侯領の中央に位置する、威風堂々とした新カナン様式の美しい城。

ワルド 地【ケイ】 ワルスタット選帝侯領南端の城砦都市。かつてのワルド小王国の首都。

ワルド街道 地【ケイ】 ワルドとシュクを結ぶ街道。

ワルド山地 地【ケイ】 ケイロニアとパロのあいだに広がる、深いがそれほど険しくない山地。東、西、南ワルド山地に分かれる。

ワルド城 建【ケイ】 ワルスタット選帝侯領の南端の山城。国境警備を目的とする巨大で堅牢な城。

ワルド小王国 地【ケイ】 かつてワルドを中心に栄えていた王国。

ワルド族 族【ケイ】 かつてワルド小王国を建てていた部族。

ワルド男爵 位【ケイ】 ドース参照。

ワルドラン 動 リリア湖にやってくる大きな渡り鳥。肉が非常に珍重される。

ワルワラ河 地【ケイ】 ワルスタット城近くを流れる河。

ワン・エン 男【新ゴ】 ドライドン騎士団の隊長。

ワンゴス 怪【パロ】 イーラ湖に現われた巨大な黒い怪物。さしわたし百タッドほど。ヤンダル・ゾッグが異次元から呼びだした。

〔構成・文＝田中勝義／八巻大樹〕

グイン・サーガ外伝

アレナ通り十番地の精霊

栗本　薫

もとモンゴール大公領、首都トーラス、アレナ通り十番地――

そこに、トーラスのゴダロの小さな、しかし活気のある居酒屋兼食べ物屋、〈煙とパイプ亭〉がある。

アレナ通りでもっとも人気のある店のひとつといってもいい。盲目のゴダロおやじが年老いて引退したのちも、二代目のダンが店をつぎ、トーラス一番の料理の名手と近隣ではほまれも高いオリーばあさんと、可愛い嫁のアリスと三人できっちりと店を守って、おやじゆずりの律儀な商売をしつづけているのだ。

そのゴダロの店はだが、きょうはすっかり閉じられてしまっていた。本当ならば、そろそろにぎやかなオリーばあさんとアリスのお喋りと、このところ通いに入ってもらっている皿洗いの女の子、それに、しょっちゅう入り浸っている近所のおばさんたちなどの出入りで忙しくなりはじめているころあいの夕方近くである。仕込みはもうとっくにおわり、さいごの仕上げをしながらころやよしとダンがその夜最初の客を待ちかまえている時刻なのだ。

だが、きょうは、〈煙とパイプ亭〉のだいぶん古びてきたドアはぴったりしめられ、そこに「本日休業」の札がかけられ——そして、店側の表口はそのようにひっそりしているのに、裏口には妙にひっきりなしに人の出入りがある——それも女ばかりだ。

それも、当然であった。

（うーん。ううーん）

だいぶこれまた古びてきた、だがオリーおばさんが清潔に癇性に磨き上げているから、あちこちなめてもよいほどに綺麗にしてある店の上の住居の奥で、いくつかの——正確にいえば二つの——大きなドラマが演じられつつあったのだから。

ゴダロの店の二階はほんの四室ほどあるだけで、そのうちの一室がダンと嫁のアリスのための寝室にあてられ、まんなかの二室に全部の荷物や家具や、それに仕入れに必要なもろもろをもおき、そしてその二部屋をあいだにはさんで、反対側の奥に、ゴダロ夫婦の寝室がしつらえてあった。オリーおばさんは下町女らしく実際的で、たとえどれほど自分が親切で気さくな人間のつもりでもしゅうとめであり、しゅうとめである以上嫁のアリスはずっとしゅうとめに見張られているのはとても気ぶっせいで、心のやすまるひまとてもないだろうということがよくわかっていたので、遠い未来のことばでいえば二世代同居ではあっても、なるべくダンとアリスの二人だけでいられる場所や時間をとってやれるようにと気を配って、わざわざ新旧二組の夫婦の寝室をもっとも離れた位置にとったのである。その上に、一部屋だけ三階の屋根裏にある、天井が三角の小さな屋根裏部屋を、アリス個人のためにあけてやったのは、まことに親切であった。

もっとも、そのような心遣いをしてやることのできるしゅうとめなればこそ、このしゅうとめと嫁はいたって仲がよい。アリスはなみよりも相当小さな、それこそ一タールとちょっとくらいしかない小さな小さな人形のような娘で、小さなオリーおばさんよりもさえ小柄なくらいだったが、健康で、それに人柄もよろしく、明るい可愛らしい嫁であったので、この一家には、さまざまなあいつぐ不幸や試練にもかかわらず、いつも笑いがたえなかったのだ。

しかし、それも、今夜は途絶えている。それどころではない——じっさい、それどころではないのだ。

(うーん。ううーん。ああああっ)

ダンは、ずっと、店のなかを、うろうろうろうろうろしっぱなしであった。

二階からきこえてくる鋭い叫び声と苦しそうなうめき。それが、誰よりもいとしいものがあげている声とあっては、心配でないわけがない。だが、男どもは一切、その室にまだ入ることを禁じられている。さきほど、呼びにゆかれた産婆のミル婆さんが、手伝いに近所の経験ゆたかな年かさの女二人ともども、二階にあがっていったきり、その寝室の戸は閉ざされてしまったのだ。

そして、また——

この世で何よりも神聖な《誕生》が迎えられようとしているその寝室の反対側で——オリーおばさんは、一番心配なはずの嫁についていてやることが出来ないでいた。むろん、彼女はおろおろしながら二つの室をいったりきたりはしていたのだが、そのうち産婆がきて、「ここはあたしにまかせといて、お前さんは、つれあいについていておやり。このあといくらでも、赤ん坊にはよくしてやれるけど、じいさんには、これがさいごのおつとめなんだよ」とオリーおばさんを産室から追い出してしまったのだ。

おばさんはそれで、啜り泣きながらも気丈に、長年のつれあいがひっそりと衰弱して死にかけている自分たちの寝室につめきりで、ゴダロじいさんをみとっていたのであった。

(なんて——なんていう晩なんだろう。一晩のうちに同じ屋根の下で、ひとつのいのちが生まれ、ひとつのいのちが去ってゆこうとしている……)

ゴダロは、どこがどう病が重いというわけではない。

ただ、もとより高齢のことでもあり、また過ぎた戦さのおりに、クム兵に殴られて失明して以来、少しづつ、少しづつ衰えを見せていったのだ。遺骸さえも戻ってこなかった長男の戦死、次男であったダンの戦傷、そして三人目の息子のようにいつくしんでいた吟遊詩人のマリウスが長い放浪から戻ってきて、ゴダロ夫妻がまことの初孫として溺愛していたマリニアとその母親のタヴィアとを連れて出ていってしまったこと——そうした、この来る日も来る日も平和に家業にいそしんでいるだけのようにみえる一家にも確実にふりかかっている時という大波の試練のおかげで、ゴダロの老体はじりじりとむしばまれ、この冬のはじまるころには、もうかなり弱ってきてしまっていた。

その前の年くらいまでは、目が不自由ながらも店に出て、何が出来るというわけではなかったにせよ店の隅の揺椅子にすわり、声をたよりに、店の常連の客たちと話をして、いわば座持ちをするのを自分の役割のように心得ていたものだが、それも、長時間はつらい、ということになってしだいに、早い時間にちょっとそうして揺椅子にすわっていてから、すぐ二階の寝室へあがっていってしまうようになった。この家のなかだけだと、長年知り尽くした狭い店と家とて、目が不自由でも手さぐりであまり不自由せずに行動できるのだ。

だがむろん、一歩もおもてへは出ない。ゴダロはけっこう勝ち気で、年老いた上に失明して立ち居振る舞いも不自由になったすがたを昔を知っている者に見られるのをいやがるところがあったし、むろん当時のこととて、少しでもからだを動かすのが健康法だ、などという心得も誰も持っていない。もしあったとしても、この年になったゴダロにいまさらそんなことを強制できるものはいなかっただろう。

そして、夏をこし、秋になるあたりからゴダロはめっきりと弱ってきて、ほとんど二階の寝室から出なくなった。食事もオリーばあさんかアリスが運んでゆくのを、寝台の上にかろうじて起きあがって食べていたが、それもいまでは、ばあさんがひとさじ、ひとさじ、赤ん坊に食べさせるように養ってやらなくてはいけなくなった。それも、柔らかいものでないとうまく嚙んで飲み込むことが出来ない。むろんあれほど好きだった酒も飲まなくなったし、冬より前はそれでもよく思い出話をつらつらするのが楽しみのようだったが、冬がきてからはそれもせず、ただ、いつもいつもうつらうつらと眠っているようなようすになってきた。そのことも、だが、高齢で、もう年に不足もなかろうし、ダンというよいあととりもいるのだし——と、みなあまり気にしてはいない。全体に、アレナ通りのみならず、トーラスでは——いや、モンゴールでもゴーラでも、そんなふうにしてひとりひとりの人生をいたずらに惜しみすぎる風習はこの文化のなかにはない。いのち、というものは、生まれてきて、そして老いて衰えて死んでゆくものなのだ。それは自然のことわりであり、神のさだめられたとおりにあることなのだから。

オリーばあさんはそれはつれあいのこととて、毎日毎晩、出来るかぎりゴダロじいさんが楽なように、からだをさすってやり、清潔にしてやり、話をしてやり、食事をさせてやり、きわめてゆきとどいた看病をしたが、自分も――じいさんにくらべれば十歳がとこ若いようにさえ見えるくらい元気だといいながら、やはりそれはもう老婆のことで、あまりじいさんの看護に手をかけすぎると自分が疲れてしまう。といって、アリスは小柄すぎて、じいさんが床ずれしないように持ち上げて向きをかえてやるのさえ、アリスの力では大変だ。ダンはダンで足が不自由で二階へのあがりおりもなかなか大変である上に、いまは本当にダンひとりが中心になって仕入れから仕込みから、店を切り回しているのだから、なかなか二階で親父の看病をしているどころではない。気の毒がって近所の婆さんたちが交代で面倒をみにきてくれもするが、それも毎日とはゆかない。そういう暮らしのなかで、じいさんがいずれひっそりとろうそくの火が消えるように息絶えてゆくだろう、そしてゴダロという年寄りがアレナ通りにいたことも、ひとつの追憶になるだろう、ということは誰にもわかっていた。ゴダロ当人もまた、そんなことは百も承知であったに違いない。

「ええか。俺が先にいくのは当たり前のこの世の摂理だからな」

日によってはなかなか頭や意識のしっかりしているときもあって、そういうときにはゴダロはべつだんそれほど嘆き悲しんでいるわけでもないオリーばあさんにこんこんと言い聞かせるのだった。

「お前はまだまだ目も腰も足も達者だ。べつだん、つれあいがおらんようになったといって、ダンもおるしアリスもおる。楽しく暮らして、来るときになったらこっちゃに来たらいいんじゃ。俺は先にいって、オロと楽しくもろもろのよもやま話をしながら酒をくみかわしてお前らを待っておるでな」

「はいはい、わかってますよ、父さん」

オリーばあさんは、一刻も時間を無駄にしたくない人であるから、じいさんの枕もとで、せっせとつくろいものをしたり、時には粉をこねて肉まんじゅうの下ごしらえだの、小さな中にひき肉の入っているゆでだんごをこしらえる手間仕事だのをしながら、じいさんに相槌をうってやるのだった。

「あたしもそのうち行きますからねえ。でもまだ、アリスが生んでしまって、それで、そちらが一段落つくまでにゃ、あの子にゃあたしが必要ですからねえ。ついとってやらんとね」

「欲はかかん。欲はかかんが、アリスの生む孫の顔だけは見たいもんだ」

ゴダロじいさんはちょっとさびしそうにもらした。

「それにもっと欲をいうていいんだったら、お迎えがくる前に一度だけ、マリニアの顔をみたい。ありゃあ可愛い子じゃった。いまごろどうしておるんじゃろうなあ……」

「あの子のことは云わないで下さいよ」

オリーおばさんはマリニアやマリウスの話になるとすぐ涙ぐんでしまう。

「あたしゃ、なるべく思い出さないようにしてるんだから。思い出したら、どうにもこうにも、かわいくてかわいくて、いますぐにでも顔をみにゆきたくなっちまうんだから。でももういまじゃああの人たちは偉いものになってしまったんだから、わたしらみたいな卑しい町場のしもじもの近づきがあるなんて、かえって御迷惑じゃろうしねえ……」

「んなことがあるものか。わしらは生涯こんなに真面目に働いて、まっとうに手前の食いぶちを手前で稼いでやってきたんでねえか」

「そりゃあそうだけど、あちらさんにゃ、あちらさんの手前ってものがおありですから。まあ、いいじゃありませんか、もうじきうちにも孫が生まれるんですからねえ。この孫はずっとうちにいてくれますよ」

「そのころにゃ……俺はおらん。せめてなあ、ダンの子が、歩き出すころまで、生きておられればと思うが……どっちにせよ、俺には、孫の顔を見ることも出来ないんだからなあ……」

　年老いる、ということはくりごとがかさむことでもあるとみえて、ゴダロじいさんも年ごとに、あれこれの無念や思い出や、つきせぬ悲しみもつのるようであったが、それもこの冬を迎えるあたりからめっきりと少なくなった。うつらうつらとしている時間が多くなってきたのだ。そして、この冬のたけなわになったころには、ちょっとかぜけから、ずっと高い熱が続いて、呼んだ医者は「年も年ですし、これが最後かもしれん」と宣告したのだった。それでも、あまりオリーもダンも驚かなかった。おおむね、そんなことは、一緒にいて本当に心をかけて様子を見ていればわかるものなのだ。

ただ、(何も、やっとアリスが産み月になったときにそうならんでもねえ……)と、ひそかにオリーおばさんは思いはしたのだが。

いっぽうまた、トーラスの政情もなかなかに物騒になってきていた。

「また、あのゴーラの悪党がトーラスにきているってよ」

「こんどはあの反乱軍のハラスさまを捕まえにきているんだというから憎いじゃないか」

「大声じゃあ云えねえが、ハラスさまの一味が悪党の暗殺をたくらんでいたという話だが、それがうまく軌道にのる前にばれて、それで大変だというやら……」

「いったい、モンゴールはどうなってしまうんだ……」

地方でも多かれ少なかれそうなのだろうが、トーラス市民は直接にゴーラ王イシュトヴァーンのためにさまざまな被害をうけている、と感じているだけに、いっそう風当たりも憎しみもきつい。いまトーラスでゴーラ兵、ゴーラ軍、ゴーラ王イシュトヴァーンといえば、それこそ「悪魔」そのものの代名詞、とさえいっていい。それこそ蛇蝎のようにいみきらわれ、憎まれているのだ。

しかし、オリーおばさんも、アリスも、ダンも——むろんひっそりと自分の寝床で寝たままゆっくりと死にかけているゴダロも、それどころではなかった。

もちろんまたゴーラ兵がやってきて乱暴でもはじめれば、ゴダロがそもそも失明するにいたったのもクム兵の乱暴のせいだ。店を焼かれたり、掠奪されたり、暴行をうけたり、いつの時代もどの戦争でも、被害を直接にうけるのはこうした名もない町の庶民たちなのだから、そうした世上の動向には関心をもたずにいるわけにはゆかないが、しかし、それ以上に、たとえ何があろうと、明日いくさがこようと、モンゴールがゴーラに総力戦で抵抗を開始しようと、たったいま生まれかけているおのれの子供や孫、ひっそりと一生をおえようとしているつれあいのほうが、はるかにはるかに庶民にとっては大切である。

（うー、う、アアアッ……ううーん……）

ダンにとっては耳をおおいたいくらい恐しいアリスの悲鳴が、もうずっと続いているような気がして、ダンは落ち着いて待っているどころではなかった。ダンにとってははじめての子供なのだ。

（アリス……）

アリスは他の女よりうんと細くて小さい。それに、性根のほうもそのかよわい見かけ通りに、あまり強いほうではない。そこがダンにとっては可愛くてならぬのだが、小さくてか弱くてうら若いアリスが「母親になろうとしている」――そしてそれは、自分の責任でもあるのだ、と考えると、ダンにとってはもう、それこそじっと座ってさえいられぬほど心配でならぬのだ。おまけに、さっき産婆の手伝いにきてくれている二軒となりの果物屋のバーサおかみが、「こりゃあちょっと難産になりそうだから、長くかかるよ。そのつもりで、お前さんはあまり気にしないでいな。気になってたまらんのだったら、どこかへ気晴らしにいってきてもまだきっと生まれないよ」と告げにきたのだった。それでますますダンは逆上してしまったのだ。

腰が細いから難産だろうが、ミル産婆はこのへんで一番うまい取り上げばばあだし、きっと神様のご加護があるからうまくゆく、とバーサおかみは保証してくれたが、ダンとしてはそんなものを信じるわけにはゆかなかった。

（おお、アリス。俺が悪かったんだ。お前みたいなちっさいのに子供を産ませようなんて……）

考えてみると朝から何も食べていない。薄暗い店のなかは、いつもならもうそろそろ最初の客が入ってきてにぎわい出しているころあいだが、あかりもつけないからだんだん薄暗くなってきて、その中にぽつねんと座っているとだんだん気が狂いそうになってくる。

（おお、神様、アリスをお守り下さい。あいつはまだほんの子供なんです）

我ながら薄情だとは思いながらも、ダンはただひたすら、アリスの無事ばかり祈っていた。生まれる子どものことも、死にかけている親父のことも、なかなか祈る気になれない。あまり欲をかいたら神様が怒りそうな気がするのだ。むしろ、本当に正直をいってしまうと、老いぼれた親父は（差し上げますから、かわりにアリスを無事に、どうか）と祈りたいくらいなのだ。ゴダロがきいてもさほど怒るだろうとも思われないが。

「おお、ダン、何してんだい、あかりもつけんと」

オリーが疲れたようすで降りてきて、びっくりしたようにいった。

「いま、あかり、つけるから」

「いや、おふくろ、あかりはいらねえ。なんか、あかりつけたくねえんだ」

「こんな薄暗いとこにじっとしてるとろくなこと考えないよ。それに夕暮れ時に灯りもつけないでいると、たそがれの精霊ジンがやってくるっていうじゃないか」

「そんなもの、来ようが来まいがどうでもいい」

「めったなことというもんじゃないよ。お前、昼飯は食ったのかい」

「……………」

「しょうがないねえ、あたしゃ手一杯なんだから、飯屋のくせに自分の飯くらいこさえてお食べよ。なんか作ってやろうか、いま父さんに重湯をこしらえてやろうと思ってるんだけど」

「俺のことはほっといてくれよ、おふくろ」

「はじめての子供だからって、そんなにキナキナしなさんな。生まれるときにゃ生まれるし……あたしだってそうだったよ」

「おふくろはアリスよりずっとでけえからな。タヴィアさんもな」

ダンは反抗した。オリーおばさんは肩をすくめて、台所のほうにまわっていってしばらくかたかたとおきをおこしたり、水をくんだりする物音をたてていたが、やがて、盆の上に何か小さなつぼといくつか食べ物らしいものを用意してやってきて、それと別に小さな椀を持ってきてダンの座っているテーブルの上においた。

「ほら、父さんに重湯を作ったついでに、お前にもかゆを作ったから、これでも食べておおき。とにかくあんたがそうやってびりびりキナキナしてたってしょうがないんだからね」

「もういいから、あっちにいってくれよ、おふくろ」

「云われなくても行くともさ。潮のひくときにひとは死ぬっていうから、お父さんも、もしいくとすればあと小半刻かもしれないと思うからね。それまでは、長いつれあいのことだ、ちゃんと看取ってやりたいじゃないか」

(じっさい、あのくらいの年になっちまうと女ってのもしぶとくてたまったもんじゃねえな)

オリーおばさんが二階にあがっていってしまってから、ダンはひそかにそうひとりごちたが、目の前におかれた木の椀から、よいにおいがたちのぼるので、思わずそれを手にとった。にわかな空腹がこみあげてくる。木のさじがそえられた、ひきわりとうもろこしの黄色い濃密なかゆが湯気をたてていた。

思わずさじをとってひとさじ、ふたさじ、薄暗がりの誰もいない店のなかで口に運ぶ。一口食べるとおのれがひどく空腹なのに気付いて、夢中で食べ始めようとしたそのときだった。

ふと、誰かに見られているような気がして、ダンは顔をあげた。

「お前、誰だ」

ぼんやりとダンは木のさじを持ったまま云った。

それまで誰もいなかった店のなかに、誰かが入ってくる気配もなかったのに突然出現するようなものが、正常な、まともなものであるわけはない。だが、ダンはあまり驚かなかった。もしかしたら、（アリスがはじめて出産している真っ最中）（同時に父親が命旦夕に迫っている最中）しかもずっと朝から食事をすることさえ気付かずにおろおろとばかりしていて、空腹で貧血になっていた最中、とあって、ダンの頭も正常には働いていなかったのかもしれない。

そこに、ひとつ向こうのテーブルの上に奇妙な小さいものが腰掛けていた。背の高さはあの小さなアリスの半分ほどしかない。吟遊詩人のような三角の帽子のような頭巾をかぶり、そして長い髪の毛がその下からはみだして背中のまんなかくらいまで垂れている。顔はよく男か女かわからなかった。くりくりとした目がふたつ、きらきらと妖しい光を放っているのはわかったが、そのほかの造作は正直いって、この薄暗がりのなかではあまりよくわからなかったのだ。なんとなく、全体にもやっと光る灰色の霧に包まれているような感じにもみえて、輪郭もときたまはっきり浮かび上がるようでもあれば、ぼやっと消えてしまうときもあるように見えた。灰色の奇妙なぴったりとした服を身につけていて、その背丈にふさわしく手も足も小さく細かった。

「それ」

そいつが、口を開いた。声もなんとなく、どこかで聞いたことがあるようでもあり、そうでないようでもあった。

「頂戴」

「何を?」

「おいしそう。そのおかゆ、食べたい」

「何いってる、これは駄目だ」

「なんでだよ。それ頂戴よ」

「これは、俺の昼飯——いや、夕飯なんだぞ」

「そんなのかまわないよ。何見せてあげたら、それくれる?」

「何だと？」

「何してあげたら、それくれる？」

「何してって……」

「なんか持ってきてあげようか。そしたらそれくれる？」

「これはただのひきわりもろこしのかゆだぞ」

「それでもそれがおいしそう。それが食べたい」

「何だ。お前は」

　ダンはなんとなく呆れながら云った。おのれがぼうっとしていただけだと思っていたが、眠ってしまって夢をみているのだろうか、というような気もした。だが、夢のなかで、ああ、自分は夢をみているのかな、と考えることなどあるだろうか、という気もした。

「何だって、どういうこと？」

「名前はなんていうんだといってる」

「名前、教えてあげないよ。教えてあげたらおかゆくれる？」

「駄目だっていってるだろう」

「じゃあ、名前教えない。でもジンて呼んでいいよ」

「ジン、って……」

（それに夕暮れ時に灯りもつけないでいると、たそがれの精霊ジンがやってくるっていうじゃないか）

母親の言葉をダンはぼんやりと思い出した。

「それがお前の名前か。お前、たそがれの精霊ジンなのか」

「違うよ。ばかみたい」

相手はばかにしたように笑った。本当にひどくばかにしたような笑いだったのでダンはむっとした。

「だってそう呼べといったじゃないか」

「だから、そう呼んでいいよって。本当の名前、お前に教えるわけないじゃない。本当の名前、教えたら俺たちは大変なことになるんだよ」

「大変なことって……」

「教えない。ねえ、おかゆ頂戴よ」

「なんで、このかゆがそんなに欲しいんだ？」

「だってお腹すいているんだもん」

ジンとよべ、といったふしぎな魔物は、青く光る目でダンを見つめた。

「あんた、どうしてこんなとこにいるの？　あかりもつけないでいるの？」

「上で、子供が産まれようとしてる。それに親父が死にかけてるんだ」

「ふーん……」

　魔物は面白そうにダンを見つめた。

「だったら、親父のとこにいって早く遺言をきかなくちゃ駄目じゃないか」

「遺言なんかありゃしないよ。親父はべつだん財産といって持っちゃいないし、ただみんな仲良くやれよっていうだけだろう。——まあ、本当にもうこれがさいごってときにはおふくろが呼びにくるだろうし……」

　ぼんやりと答えながら、ダンは、自分がなんだってそんなことを云っているんだろうと思った。だが、青く光る魔物の目で見つめられると、なんとなくなんでも答えてしまうのだった。あるいは何か魔物の魔力にやられていたのかもしれない。

「子供、生まれるんだ。いいね」

「はじめての子なんだ。女房が小さいから、心配でたまらねえんだよ」

「はじめての子どもなんだ」

　ジンがぴょいとはねた、ように見えた。だがそれは、細い足をひょいと組み替えただけだった。足の先は奇妙にもなにかのけだもののようにひづめがついていた。こんな妙なものがこれまでどこにいたんだろう、とダンは考えた。

「お前、誰だ」

「べつにいいじゃない、誰だって」

「よくないよ、ここは俺のうちだ。ここにずっといたわけじゃないだろう」

「ここにずっといたよ。あんたたちのことはみんな知ってるよ」

「だったら、俺の親父のことも、女房のことも知ってるんだろう」

「人間のことなんか、そんなにくわしく知らない。名前とか、わかんないし。ずっとここにいたわけじゃないし」

「ここにずっといた、っていったじゃないか」

「この町にいたよ、ずっと。でも、いまこの町からは《気》がいなくなろうとしてるしね」

「《気》がいなくなろうとしている？　それは、どういう意味なんだ？」

「ゴーラの僭王、《災いを呼ぶ男》がこの国の魂をとっちゃったからね」

「魂を――とっちゃった……？」

「そう、国とか町って、必ず魂があるんだよ、その国や町そのもののね。あの男はそれを切ってしまったんだよ。だから、この国はこのままじゃあいられなくなってそのうちに消えていってしまうだろうよ」

「消えて……って、ゴーラがか」

「違うよ、ゴーラじゃない。モンゴールだよ」

「モンゴールが……滅びてたまるか」

かっとなってダンは云った。

「ここは俺の国だ。どうしてこの国が滅びるものか」

「だって、この国を作った男は死んで、その男の子供も死んだよ。だからこの国も死ぬのさ。死んだっていいじゃない。また新しい国が生まれる。町が死んだらまた新しい町が出来る。そうやって、この世界は続くんだから」

「トーラスは死んだりしない」

「死ぬよ、イシュトヴァーンが殺すもの。あの者は《殺す者》だからね。だから、俺たちももしかしたらいまにここにいなくなってしまうだろうね。そうしたら……この町は続いてはいても、もうその町はただの死んだ町になるんだよ」

「わけのわからんことをいう」

ダンはなんだか悪い夢のなかをひきまわされているような心持になっていた。

「だがここは俺の町だ。死んだりするものか。俺はここで生きてるんだ」

「たくさんの人がここで生きてるともさ。だけど、それとは違うんだ。……まあいいじゃないの、あんたにはわからないよ」

「……………」

ダンはいやな顔をしてジンをにらみつけた。これはどういう化物だろう、という思いと同時に、こんなたそがれの中でこんな化物とことばをかわしていたりして、ふっと気が付いたら、あの不思議なマリウスの伝説のように、もう三百年もたっていた、ということになってしまうのではないだろうか、という思いがきざしてきた。

「大丈夫、おいらたちは時間を食べる精霊じゃないから」

まるでそのダンの思いが口に出されたかのように、ジンが云った。

「ねえ、そのおかゆを頂戴。そしたら、あんたの……そうだなあ、じゃあ、あんたの子どもの未来を見せてやるよ」

「何だって……」

「それとももっといいことしてあげようか。今日は黄昏の国の女王祭が明日からはじまる、浄めの晩だからね。だから、魔界とこの世とはとてもとても近づいている。そしてこの刻限には、とてもたくさんの精霊や魔物や怨霊や、もっともっとたくさんのものたち、土地神だの数え切れないものがあちこちに出てきている。——ねえ、そういう夜に、うまくゆきあってうまくプレゼントをすれば、とても大きないろいろなものを手にいれることが出来るんだよ。まして、そういう、おいらたちがとても欲しいようなものを見つけてしまったらさ。そのおかゆと何をかえっこしようか。あんたのはじめての子どもの未来を、誰かほかの子のととりかえてあげようか。それともおやじさんの寿命を誰かほかのじいさんの寿命ととりかえてあげようか。ね、それがいいよ」

「とんでもない」

驚いてダンは叫んだ。ジンはびっくりしたようだった。

「どうして?」

「そんなことをしたら――他の誰かがうちのおやじのかわりに死ぬことになるんだろうが。そうじゃないのか」

「まあ、そうともいうね。でもどこの誰かわからないやつだから、いいんじゃないの?」

「とんでもない。うちのおやじは絶対にそんなふうにして生きのびることなど望まないだろう」

ダンは激しく首をふった。

「俺の兄貴は――俺がこの世で一番尊敬する男だが、その兄貴は、ケイロニアの豹頭王グイン、英雄グインを助けるためにいのちを落とした勇士だった。その兄貴の弟として、俺は恥ずかしくないように生きたいと願っている。他の人間の寿命をいただいて、親父を生き延びさせるようなことが出来るものか」

「変な人だねえ。〈煙とパイプ亭〉のダン」

「知っているじゃないか、俺のこと」

「話していると壁や床や、酒つぼが教えてくれるのさ。じゃあ、ちょっとだけ大がかりになっちゃうけど、あんたの生まれてくる子どものために、誰か精霊の力をかりて、素晴しい未来をもらってあげるよ。それなら誰かの運命ととりかえっこするわけじゃないからかまわないだろう?」

「どういうことだ……」

「あんたも、あんたの嫁も、この家そのものがとてもあたりまえで何のへんてつもないありふれた居酒屋で、そのなかであんたたちはごくふつうに平凡に平和に生きてる、そうだろ?」

「そのとおりだ」

ダンはむしろ昂然と答えた。

「それが悪いか。それをいけないと思ったことは一度もない。俺は親父を尊敬し、母親を助け、女房を大事にして真面目に生きてきた。融通がきかないとも云われるし、もっとうまくやるやつはいくらもいるんだと思う。だが俺はこれ以外の生き方などしたくもない。英雄でも超人でも金持ちでもないし、たいした力もなければ金もない、片足もない、その日その日が無事に暮らせればいいというだけの貧乏人だが、それをいやだと思ったことは一度もない。俺はこの暮らしに満足してる」

「あんたは満足だろうけど——それでもいいけど、子どももそれでいいの?」

ジンがずるそうに青い目をぱちぱちまたたかせながらきいた。

「あんたはこの世にもっと力のあるものや、もっとすごいものや、もっと劇的な運命や

——美しい女たちや英雄たち、大きな力をもち、もっと大きなものを得ようとしてたたかっている人たちがいることを知ってるんだろ？　そういう、偉大な人びとや、衆にぬきんでた人たちの仲間に、おのれの子どもがなったら、嬉しいだろうと思わない？　自分はこんなちっぽけなアレナ通りの片隅で一生来る日も来る日も粉をこねて、シチューを煮て、酒をあっためて、疲れて寝てさ。それからまた起きだして、野菜と肉を買い出しに市場にいって、またそれで粉をこねて、シチューを煮て、酒をあっためて、皿を洗って——それで満足かもしれないけど、自分の子どもにも同じことをさせたいと思う？　たとえば、こんなこと、させてみたいとは思わない？　ほら」

ジンがかるく指さきをぱちりと鳴らしてみせた。

とたんに、ダンは目をぱちくりさせた。いきなり、すでにそこは見慣れた薄暗い店の中ではなくなっていたのだ。

（こ——これは！）

それは、見慣れぬ宮殿の中であった。一目で宮殿とわかる、巨大な豪壮な、そして飾りたてられた建物だ。その中に、これまた一目で王座であるとわかる巨大な椅子に一人のまだ若い男がかけていた。落ち着かぬ様子で、深い紅のマントをからだのまわりにかきあつめ、頭の上には王冠をいただいているが、首が細いので王冠がひどく重たそうだ。

「知らせはまだこないのか」

その男が叫ぶのがきこえた。

「国境はどうなっている。早く使いを出せ。国境の様子がわからぬままでは兵を動かすわけにもゆかぬ」

「気苦労も多いけど、それでも豪勢な暮らしは出来る」

ジンが含み笑いをした。同時にその宮殿のまぼろしは消え失せた。それがどこの宮殿であるかも、ダンにはわからなかったが、ただ、かけられたタペストリが奇妙に東方ふうであることだけはわかった。クムかもしれない、とダンはふと思った。

「たくさんの美姫をかかえ、後宮ではよりどりみどり——そうさ、それに金も使いほうだい。うまいものを食って、いい思いをしてさ。それで戦争に負ければ首を斬られる、と」

ジンは舌をタンと鳴らしてみせた。

「こんなふうにね。——だけどうまくやれば首を斬る側にまわることだって出来る。どうなの。あんたの子どもをどこかの王様にしてあげようか」

「とんでもない」

ダンはきっぱりと云った。

「そんなものはアレナ通りの居酒屋の家に生まれる子にはまったく必要ない。不幸になるばかりだ。俺の子がどうなるかは知らないが、俺の子だし、アリスの子だ。望むのはただ、まっすぐに育って幸せでいてほしい、ということだけだ。幸せを守れるくらいに強くなってはほしいし、食うに困ってまがったことをしない程度には金をかせいでほしい。だが、それだけだ――毎日毎日食っていけて、雨風がしのげて、たまにちょっとだけ珍しい遊びをしたりできる程度の金、それだけでいい。それ以上に金があれば、かえって不幸のもとだと思うよ」

「こんなふうにね」

くすくす笑ってジンがいった。

途端に、目の前に、またしても別の何かがあらわれた。ダンは目を瞠った。それは顔色の悪い、おそろしくぶよぶよと太った老人だった。豪奢な明らかにとてつもない金のかかっているような錦の服をひっかけて、老人が豪勢な大きな大理石の机の上で夢中になって金貨を数えている。机の上にはすでにいくつも重ねて同じ数だけにしたらしい金貨の山が積み上げられている。その老人の手もとには、おびただしい金貨の山が出来ていた。それを老人は必死に数えている。そうしながらもその目には絶望の色が浮かんでいた。

「三十枚足りない」

老人はこの世の終わりのように呻いた。そして、とぼしい髪の毛をかきむしった。

「三十枚足りない。おおバスよ、誰が盗みやがったんだ。間違いない、十日前に数えたときにはちょうど五万ラン、あったはずなのに、三十枚も足りなくなっている。誰かがとったんだ。この邸にはどろぼうがいるんだ。ああ、なんてことだ」

「ときたま、おいらの仲間がああいうのをこらしめるために、ぬすみだすことがあるんだよ」

ジンはくすくす笑った。

「あの老人はパロの金貸しだけど、もしかしたらいまでは、貧しいパロ王家よりも金があるかもしれないよ。だけどもうじき死ぬ。死相があらわれているの、わかるかい？あのなくなった三十枚の金貨をくやむあまり、きっとそれで死んでしまうんだろうね。だがあの老人の息子はいま、いやしいアムブラの女に入れあげているから、あっという間にあの金貨を全部使い果たしてしまうだろう。人間って、ばかなもんだねえ？」

目の前から、金貨を両腕でかかえこむようにしている醜い老人の映像が消え失せた。

「じゃあ、もっといいことを提案しよう。あんたの子どもを英雄にしてあげよう。そんなのは簡単で、あんたの子どもの運命が書き込まれたヤーンのタペストリに、ちょっと一本、ルアーの糸を織り込んでおけばすむ。モンゴールはこれから動乱期を迎えるし、あんたの子どもが大きくなるころには、戦っていくらでも出世するチャンスがある。きっと、モンゴールの将軍にだってなれるよ」

ふいに——ダンは耳を疑った。ざっざっざっ、というようなおびただしい軍勢の行進の音が聞こえてきたのだ。その中に、勇ましいかけ声がとどろくひづめの音を貫いてきこえてきた。

「進め！　進め、恐れるな！　敵はすでに浮き足立ったぞ！　いまこそわれらの部隊が突撃するときだ！」

「恐しい」

ダンはうめくようにいった。遠くかすかにどこからか合戦の物音、馬のいななき、悲鳴がきこえてくる。

「兄のオロも戦って死んだ。俺は兵役で足を片方失った。親父はクム兵に殴られて視力を奪われた。戦さこそ、われわれ一家にとっちゃあ仇だ」

「だけど、そんなことといってたらいつまでたっても何の力もないまんま、踏みにじられるまんまだよ。それでいいの？」

「正直──俺はかつて、悪党どもに襲われてあわやということになったことがある」

ダンはぞっと思い出して身をふるわせた。

「そのとき、なんとまあおのれたちは無力なのだろうと考えた。あまりの無力さととるにたらなさに立ちすくんでしまうほどだった。──だが、それは非常のときだったんだ。そういう非常のときのために、常日頃からそなえているのが、強い人間なのかもしれないが、俺は……どちらにせよ、片足もないし、アリスやこれから生まれてくる俺の子どもをかかえている。年老いた親父とおふくろ、みんないい人間で、平凡で無力な人間だ。――いくさがくれば、俺たちのようなものたちが最初にひどい目にあうのだろう。だが、平和がかえってきたときには、兵士たちではなくて、俺たちの家業が栄える。それでいいんだろうとこの頃俺は思うよ。俺は俺の子どもには、女の子であれば、優しいひとのことを思いやるむすめになってほしい。そして愛する者を見つけておふくろのように人に好かれ、ひとによくして平凡な一生を送ってほしい。男の子であったら、やりたいことをやって、生き甲斐のある、そして少なくていいから気のあった友達と親しく酒をくみかわして楽しむ、そんな一生を送ってほしい。英雄にも、冒険児にも、風雲児にもなってほしいと思わない。そんなのはアレナ通りの居酒屋のダンの子どもにはそぐわないと思う」

「息子が出世して、どこかの王様になってほしくないの？　大金持ちになって一国を金で買えるくらいになってほしくないの？　娘がすごい美人になって、金持ちに見そめられて豪勢な暮らしをしたほうがいいとは思わないの？」

ジンは追及した。

「あんたは知らないだけじゃないの？　そういう力があると、いろんないい思いが出来るってこと――この世の主人公になる、ってことがわからないだけなんじゃないの？　こんな片隅の通りで来る日も来る日も粉をこねているのなんて、あんたの代で終わりにして、もっと子どもたちには華々しくやってほしいと思わないの？」

「思わない。俺は、英雄なんか、我が子に持ちたいと思わないんだよ、精霊さん。大金持ちも、傾城《けいせい》の美姫《びき》も、すごい学者やすごい王様や女王様も。俺はどこにでもいるありふれた脇役だよ。それのどこが悪い。アリスは俺にとっては誰よりも大事な女房だし、おやじもおふくろも俺には大切だ。そして子どもが生まれたら俺の宝になるだろう。俺はもしかしたらそれを戦乱のなかで、その宝を守り通す力もないかもしれない。だが、それはそれで仕方ないだろう。俺たちはそうやって何百年も、何千年も生きてきたんだ」

ダンはほほえみ、そして、ひきわりもろこしのかゆを入れた鉢をテーブルの反対側におしやった。

「だが、そんなに欲しかったらこのかゆをとるといいよ、ジン。そして、何もそのおかえしはいらん。俺はいつも貧しい人や困っている人にはためらわずほどこしをするようにしてきた、母親にそう育てられたからな。おかえしのためじゃなく、あんたにこのかゆを御馳走するから、いいだけ食べてくれるといい。あんたが何の魔物なんだか知らないが、この通りやこの町に暮らしているというのだったら、俺の仲間でもあるわけだからな。ちょっとさめてしまったが、そのほうが食べやすいかもしれない、さ、食べるといいよ。俺はなんだか胸がいっぱいだ」

「ほんとにくれるのかい?」

ひどく嬉しそうにジンは云った。そして、ぽんとひとつ、妙に優雅なしぐさで宙返りした。

「有難う。あんたいい人だね、アレナ通りのダン。じゃあ、お礼のかわりに、あんたにプレゼントしてあげるよ。……本当はね、たそがれの精霊のプレゼントはいつもウラがあるんだ。幸せを望めば、幸せに死なせてあげる。大金持ちになることを望めば、おのれの最愛の人の死と引き替えに大金持ちになれる。そうやって、おいらたちは、どんなにこの世界がむなしいところか、どんなに英雄でいたり、選ばれた人でいるというのが大変でつらいことか、なるべく人間たちに思い知らせるんだよ、って命じられているからね。そうしてそういう選ばれた人間たちの苦しみと激しい感情がエネルギーとなって、この世界を動かしてゆくのだから、ってね。だから、選ばれて、しかも幸せな人間なんていないんだよ。そのかわり、選ばれた人間には選ばれたことの恐しい歓喜がある。——それをおいらたちはドールの喜び、って呼んでいるけれどね。……だけど、あんたには、じゃあ、もっといいものをあげよう。何のおかえしも期待しなかったお返しに、何のお返しもないプレゼントをあげるよ。おいらがそんなふうにするの、とてもとても珍しいんだけどね。もしかしたら、あんたは平凡どころか、とっても珍しい人なのかもしれないと思うよ、アレナ通りのダン。——御馳走さま、ありがとう、このおかゆ、とってもおいしかったよ。じゃあね」

はっ、と――

ダンは夢からさめたようにまわりを見回した。

すでにとっぷりと日が暮れたようだった。あたりは薄暗いのをとくに通り越して真っ暗で、そして室はしんしんと冷えはじめていた。さっきまで、ひっきりなしにきこえていたアリスの悲鳴が聞こえなくなっていることにダンは気付いて愕然とした。

（アリス。まさか）

立ち上がろうとしてすっかりからだが痺れてしまっていることに気付く。そして、ダンはふいに、大きく目を見開いた。目のまえには、すっかりからっぽになった木の鉢と、さじだけがおかれていた。

（なんだ、いまのは、一体……）

だが、そんなまぼろしのような出来事よりも、ダンにとっては、妻とまだ生まれていない我が子のほうがはるかに大切だった。

（なんで――なんでこんなに静かになっちまったんだ、なんで……）

ダンがよろよろと、たまりかねて二階に這いのぼろうと松葉杖をつかんだときだった。

ほぎゃあ、ほぎゃあ、ほぎゃあ、という、かよわい、だが力強い声が二階からきこえてきたのだ――

それも、ふたつ。

(え)

「ダン」

ころがるようにして、オリーが階段をかけおりてきた。

「すぐ、おかゆをあっためとくれ。――奇跡だよ。奇跡がおこった。父さん、持ち直したんだよ。……もっと、食うものをくれ、っていってる。孫が無事に生まれた、ってのをきいたとたんに、俺もまだまだ頑張らにゃ、という気持がわいてきたんだ、っていってるよ。――顔色までよくなってきた。お医者さまも、この分なら、持ち直すだろうっていってる。もともと、どこか悪いんじゃなくて、生きる気力が衰えてきていただけだからってね。――なんてことだ、なんて有難いことだ。あたしのつれあいはまだ生きてる。おまけに、孫はいちどきに二人も増えた。なんて神様はありがたいことをなさるんだろうね!」

「ふ、二人?」

ダンはどもりながら叫んだ。そして、やにわに階段を、松葉杖を使うかわりに強い腕で壁の手すりをつかみながら片足で駆け上がった。

ずっととざされていた寝室のドアはあけはなたれていた。かすかに血のにおいが鼻をついたが、もう後始末もすんだあとらしく、寝室にはやわらかなランプの光がひろがっていた。そのなかで、小さな小さなアリスが疲れきったようすで、大きな二人用の寝台の真ん中に横たわっていた。その小さな顔の両側に、もっと小さな顔がひとつづつ——

「ダン」

アリスが、疲れきった顔なのに、光り輝くばかりの微笑みをうかべて、ダンを見上げた。産婆のミルや近所の女たちも嬉しくて嬉しくてたまらぬようににこにこ笑っていたし、あとから入ってきたオリーおばさんはもうとろけんばかりの顔だった。

「双子よ。——それで時間がかかったの。なんてことでしょう、おなかのなかに二人もいたのよ」

「おかしいねえ。あたしはたいていのとき、双子だったらもうおなかの蹴りかたやなんかで見分けがつくんだが」

ミル産婆が顔じゅうくしゃくしゃにして笑いながら云った。

「でもまあいいやね。こんなおめでたいことはありゃしないんだから。——男の子と女の子の双子だよ。いちどきにあとつぎと可愛い女の子ができて、あんたはアレナ通り一番の幸せもんだよ、ダン。本当に」

「名前を考えてやらなきゃ」

ダンは茫然としながら口走った。まさか、これがあの黄昏の精霊の《プレゼント》であるわけはないだろう。それはむしろ、父親が息をふきかえした、ということのほうだったのだろうか。

（あれはいったい……本当は何の精霊だったんだろう……黄昏の国の女王祭……？）

本当にあったことか、それともそういう夢を見たのか、それさえもわからない。だが、目の前で顔を真っ赤にして泣いている二人の赤ん坊の存在だけは、これほど確かなものはないくらい確かだった。

「よくやった、アリス」

ダンは、まだ呆然としながら云った。そして、おそるおそる手をさしのべた。

「子どもが生まれた。――それもいちどきに二人。俺には子どもが、おふくろとおやじには孫が一度に二人も生まれたんだ。いのちは続いてゆく――なんて、不思議な、なんてあり難いことなんだろう。なんて夜だろう……ああ、俺たちに子どもが生まれたんだ！」

どこかで、ほんの一瞬だけ、かすかなくすくす笑いと青く光る目が通り過ぎていったような気がしたが、ダンはもう気にもとめなかった。

グイン・サーガ
全ストーリー

『グイン・サーガ・ハンドブック2』刊行以降の6年間に刊行された、正篇は67巻から100巻、外伝は16巻から19巻までの、激動のストーリーをふりかえってみましょう。

〈第六七巻～第七〇巻〉
ついにグインがケイロニアに帰ってきた。その一方で、モンゴールを再び悲劇が襲う。

シルヴィアとマリウスを救出したグインがついに中原に帰ってきた。トーラス郊外に姿を現わしたグインは、マリウスの手引きにより密かに《煙とパイプ》亭を訪れた。そして、かつて彼を助けて死んだオロの遺言を老父母に伝える。最愛の息子の最後の言葉を聞いた彼らは、ただ静かに涙を流すのであった。

偶然その場に現われたカメロンの勧めもあり、オクタヴィアはグインの求めに応じてサイロンに戻る決意をする。ルードの森まで迎えに来ていたケイロニア騎士団と無事に合流した彼らは、サイロンに入って熱烈な歓迎を受ける。二人の娘と再会を果たしたアキレウスは、グインに対し、シルヴィアと結婚し、ケイロニア王となることを命じた。

一方、グイン一行を見送ったカメロンには驚くべき報が入

っていた。ゴーラ王となったイシュトヴァーンが、かつてモンゴールに反逆行為を行なったとして告発されたというのだ。カメロンからの急報に、ひそかに兵を用意して金蠍宮に入ったイシュトヴァーンは、被告として裁判に臨んだ。カメロンの巧みな弁護により、裁判はイシュトヴァーン有利に進んでいた。しかし、誰も知るはずのない過去の悪行をサイデンに暴露され、動揺したイシュトヴァーンは思わず自らの罪を告白してしまう。その時サイデンには、アリストートスの亡霊が憑依していたのだ。咄嗟にカメロンはサイデンを斬り捨て、混乱に陥った法廷からイシュトヴァーンとともに逃亡する。その時、隠れていたゴーラ軍が奇襲を行ない、金蠍宮を制圧。アムネリスはゴーラの捕虜となった。

　その頃、サイロンではグインとシルヴィアの婚礼が行なわれていた。国中から祝福された式典の夜、二人は甘く愛をささやきあう。一方、クリスタルではアルド・ナリスがついにレムスへの反乱を決意していた。彼は信頼する同志を集めてその反乱の意志を表明したのち、ヴァレリウスとともに決起の日取りを決定したのであった。

〈第七一巻〜第七五巻〉
パロを二分する内乱がついに始まった。
苦戦するナリスに竜王の魔の手が伸びる。

クリスタルを未曾有の激しい嵐が襲った。次第にクリスタル市内に被害が広がる中、王宮に足止めされていたリンダは、レムスに憑依したヤンダル・ゾッグに捕らえられ、彼女を救出に向かったヴァレリウスもまた捕らえられてしまう。牢につながれたヴァレリウスの前に現われたのは、毒殺されたリーナスのゾンビーであった。

国王側の不穏な動きに決起を早めたナリスは、堅固なランズベール城に籠城する。破壊槌を持ちだし、城への攻撃を開始した国王軍。ついにパロを二分する内乱が始まった。

ヤンダル・ゾッグのヒプノスの呪術から危うく逃れたナリスは、ランズベール塔からクリスタル市民に向けて王位請求を宣言する。集まった市民に、竜騎兵に率いられた聖騎士団が襲いかかった。その頃、拷問に苦しむヴァレリウスの前に

ユリウスが現われた。グラチウスの力を借りて竜王の結界を破り、脱出に成功したヴァレリウスは、クリスタルを覆いつくす凶々しい結界に驚愕し、ナリスにジェニュアへの脱出を進言する。国王軍の追撃を振り切り、どうにか脱出に成功したナリスだったが、焼け落ちたランズベール塔とともに、股肱の臣であるリュイスを失ってしまった。

グラチウスへの恩を返すため、アグリッパ探索に向かったヴァレリウスは、ルードの森でイェライシャと出会った。イェライシャの助力を得た彼は、ノスフェラスからアグリッパの結界に入り、ついに対面を果たす。しかし、中原をヤンダル・ゾッグから守りたいと願うヴァレリウスの思いは、巨大な存在となりすぎたアグリッパに届くことはなかった。

ジェニュアに陣を敷くナリスのもとをベックが訪れた。ベックはナリスの考えに理解を示しながらも、彼の要望を振り切ってクリスタルへ戻ってしまう。やがて国王側の総司令官としてジェニュアへ向け出陣したベック。ナリスは国王軍に奇襲をかけると同時に、母ラーナを囮に使ってジェニュアから脱出したのだった。

〈第七六巻～第八〇巻〉
ナリス自害。しかしそれは敵を欺く作戦だった。ゴーラ、ケイロニア、それぞれもまた動き出す。

国王軍が迫りつつある中、不自由な体で自ら陣頭に立ち、義勇軍を鼓舞するナリスを、不気味な眼球の月が冷ややかに見下ろしていた。その頃、虜囚となったリンダは、誕生した王太子アモンとの対面を果たしていた。しかし、それは赤児ではなく、渦巻く一つ目の怪物であった。そして魔道により上空へ連れていかれたリンダの前で、戦場にナリス自害を知らせる声が響き渡った。スカール率いる騎馬の民はあとわずかのところで間に合わなかったのだ。ナリスの遺骸を守る魔道師たちを、ヤンダル・ゾッグの容赦ない魔道が襲う。それを救ったのはイェライシャを伴ったヴァレリウスであった。

ナリス死去の報はたちまち各国に届けられた。それを聞いたマリウスは動揺し、サイロンを出奔してしまう。しかし、ナリスは生きていた。敵を欺くための、イェライシャの秘術

による佯死だったのだ。それを知って激怒したスカールと動揺したリギアは軍を離れてしまった。

マルガへの道を急ぐヴァレリウス一行を、湖の上で再びヤンダル・ゾッグの魔道が襲う。巨大な水妖との激しい戦いに力つきようとしていたヴァレリウスを救ったのはグラチウスであった。マルガに着いたナリスは佯死の術を解かれ、神聖パロ王国の建国と、聖王としての即位を宣言した。

この状況に各国が動いた。いち早く出兵を決定したゴーラに続き、ケイロニアも内政不干渉の原則を破って出兵を決めたのだ。ケイロニア軍を率いるのはグイン。しかし、この出兵をきっかけにシルヴィアとの仲が悪化してしまった。

戦闘が激化するパロへと急ぐゴーラ軍を謎の軍隊が襲った。それは行方不明になっていたタルー率いる軍勢だった。難なくこれを破り、タルーを殺害したイシュトヴァーンに再び謎の部隊が襲いかかる。

一方、ワルド城入りしたグインのもとをヴァレリウスが訪れた。グインはヴァレリウスに、ヤンダル・ゾッグの企みを阻止するためにレムスと面会すると告げたのであった。

〈第八一巻〜第八五巻〉グインはクリスタルからリンダを古代機械で救出。しかし、ゴーラ軍の奇襲にマルガは炎上した。

突然襲ってきた謎の軍隊に誘い込まれるように、パロ国境を越えたゴーラ軍は竜頭の騎士団の奇襲を受けた。さらにグイン率いるケイロニア精鋭《竜の歯部隊》とも遭遇。しかしグインの命令により両者の激突は寸前で回避された。

グインは北アルムにてレムスと会談し、姿を現わしたヤンダル・ゾッグとも直接対峙した。レムスとともにクリスタル・パレス入りしたグインは、魔の宮殿へと変貌を遂げたおぞましい光景を目にする。そしてアモンと面会したグインは彼の悪に満ちた美しさに強い戦慄を覚えた。白亜の塔に捕らえられていたリンダを救出したグインは、彼をマスターと認めた古代機械を使ってパレスからの脱出に成功した。

ゴーラ軍はダーナムで国王軍を破っていた。しかし待ち続けているナリスからの連絡はなく、イシュトヴァーンは不安

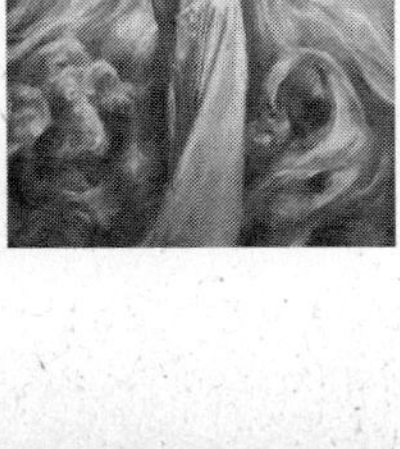

を酒でまぎらわしていた。スカール軍がゴーラ軍に奇襲をかけたのはその時だった。ふいをつかれたイシュトヴァーンは、スカールとの一騎打ちで九死に一生を得る。逃げ出したイシュトヴァーンの前に現われたのはヤンダル・ゾッグであった。ヤンダル・ゾッグに催眠術をかけられたイシュトヴァーンは、軍に戻るとマルガへの奇襲を命令した。

　山中で偶然ゴーラ軍の奇襲作戦を知ったリギアは、突然現われたマリウスとともにナリスに急を知らせた。ナリス軍は急いで防御を整えたものの、強力なゴーラ軍に圧倒され、マルガは陥落し、炎上した。イシュトヴァーンと対面したナリスは、市民への虐殺と掠奪をやめることを条件に降伏し、捕虜となった。思わぬ再会を果たした幼なじみのヨナの説得にも、イシュトヴァーンは耳を貸そうとはしなかった。

　そのマルガにケイロニア軍が迫っていた。マルガ近郊で和平交渉を行なうグインとイシュトヴァーン。その席でヴァレリウスは、イシュトヴァーンに後催眠がかけられていることに気づく。それを知ったグインはわざと交渉を決裂させ、ゴーラ軍とケイロニア軍との戦いが始まった。

〈第八六巻〜第九〇巻〉
ナリスとアムネリス、二人の主役が世を去り、恐るべきアモンの魔道がケイロニア軍に迫る。

イシュタールで監禁されているアムネリスに男子が誕生した。自力で出産した彼女は、我が子に悪魔の子ドリアンと名づけた。駆けつけたカメロンの目の前で、イシュトヴァーンへの憎悪を胸に抱いたまま、アムネリスは自らの命を絶った。

ナリスを人質にしてマルガから撤退を始めたゴーラ軍は、ついにグイン率いるケイロニア軍本隊と激突する。グインとの一騎打ちに敗れたイシュトヴァーンは後催眠を解かれ、グインとの講和に応じ、ゴーラ軍とケイロニア軍との同盟が結ばれた。グインはナリスとの会談を希望し、両者はついに対面を果たした。ナリスはグインに古代機械の秘密を託し、ヴァレリウスの腕の中で眠るように息を引き取った。ナリスの死を受け、リンダは神聖パロ王国の消滅を宣言した。

多くの人々の思いをのせ、サラミスでの仮葬儀に向かうナ

リスの葬列と別れ、ゴーラ軍とケイロニア軍はクリスタルへ向けて進軍を開始した。ベック率いる国王軍と対戦したグインは、精鋭とともに敵の本隊に突入し、ベックの拉致に成功した。しかしヤンダル・ゾッグの《魔の胞子》に脳を侵されていたベックは、すでに正常な精神を失っていた。

クリスタルへと進軍を続けるケイロニア軍に、あやかしの大地震、竜騎兵、謎の白い濃霧と、次々と魔道が襲いかかる。濃霧の中、同士打ちによる被害が出たものの、なんとかそれを打ち払ったかに思えた。しかし、その霧は次の罠への布石に過ぎなかった。

その夜、グインの前に現われたシルヴィアを、魔道によるあやかしと見たグインは、彼女にスナフキンの剣で斬りかかる。しかし、彼女は本物だった。昼間の霧は、この術のための没薬を含んでいたのだ。自分がシルヴィアを斬り捨てようとしていたことに気づき、動揺するグインの前に再びアモンが現われる。しかしグインはアモンを魔剣で両断し、ヴァレリウスの助けもあって、脱出不能と思われた罠から脱出した。そしてついにクリスタルの目前へと迫ったのであった。

〈第九一巻〜第九五巻〉
クリスタル解放。アモンは星船とともに消えた。しかしグインの記憶は失われてしまった。

　ついにグインはクリスタルへの攻撃を開始した。クリスタル・パレスへの突入直前、グインの前にレムスからの使者が現われ、パレスをアモンの魔の手から取り戻して欲しいと懇願した。それを受けてグインは部下とともにパレスに突入したが、それはやはり彼を誘い込むアモンの罠であった。

　部下を人質にとられ、古代機械を操作するようアモンに迫られたグインは、古代機械に入ると、機械をパレスごと自爆させるとして、逆にアモンを脅迫した。自爆させられたくなければ機械に入れというグインの求めに応じ、アモンが機械の中へ入ると、グインは、自分とアモンをどこへとも知れぬ場所に転送してしまった。

　ヨナの手により、古代機械は停止され、クリスタルはアモンの魔の手から解放された。パレスの広場には民衆の歓呼の

声が響き渡ったのであった。

　グインが転送されたのはノスフェラスであった。現われたグラチウスとともにグル・ヌーを訪れたグインは、ロカンドラスの亡霊に導かれ、グル・ヌーの地下に眠る星船へと乗り込んでいった。すると、星船の中にアモンの声が響き渡った。

　アモンの待つ場所へ向かう途中、グインは星船の驚くべきさまざまな機能を目にする。そして、自分はこの星船の船長であり、ランドックを追放された皇帝であったことを知った。グインは巧みにアモンを誘い、ともに星船で宇宙空間へ飛びだした。そして星船に対し、アモンを閉じこめたまま自爆することを密かに命じ、自らはカイザー転移によってノスフェラスへと帰還した。しかし、グインが目覚めたとき、彼はそれまでの記憶をすべて失っていた。

　一方、中原に残された人々も苦悩していた。パロを建て直そうとするリンダ、ヴァレリウス。シルヴィアの醜聞に悩むハゾス。イシュトヴァーンはドリアンとの初対面で、わが子を激しく拒絶してしまう。そして、彼らをもっとも悩ませていたのは、行方不明となったグインの所在であった。

〈第九六巻〜第一〇〇巻〉
ケス河でグインはイシュトヴァーンの虜囚となる。その彼を救ったのは黒太子スカールだった。

シュクで開かれたリンダとハゾスの会談の席に、突如グラチウスが現われた。彼はグインが記憶を失ってノスフェラスにいることを告げ、グインを保護するための助力を申し出る。その隠された意図にヴァレリウスは疑惑の目を向けたが、リンダとハゾスはそれを受諾し、ケイロニアの派遣する捜索隊にヴァレリウスが同行することが決まった。

　捜索隊派遣の準備が進むサイロンに、ヴァレリウス率いる魔道師部隊がやってきた。そこにはサイロンを出奔したマリウスも同行していた。マリウスはオクタヴィアと話し合いの席を持ち、二人が一緒には暮らしていけないことを確認する。そしてマリウスはアキレウスの前で歌を披露し、アキレウスは初めてマリウスの本当の姿を理解したのだった。

　その頃、記憶を取り戻そうとノスフェラスを出発したグイ

ンの前にザザとウーラが現われた。彼らの力を借りて、グル・ヌーへ向かったグインは怨霊の群に襲われ、ロカンドラスの力でどうにか脱出する。そして向かったケス河岸で、軍隊の襲撃を受けていた人々を助けた。それはゴーラに反乱を起こしたハラス率いる集団で、軍隊を率いていたのはイシュトヴァーンだった。

イシュトヴァーンの虜囚となったグインは、彼との会話の中で、自分の記憶喪失を知られてはならないと判断し、ザザとウーラの力を借り、ハラスを逃がして自分も逃走する。思いがけず招き入れられたグールの洞窟でゴーラ軍の追跡を逃れたグインだったが、ハラスの身を案じて戻ったケス河岸で、待ち受けていたイシュトヴァーンに再び捕まってしまった。

厳重に監視されたグインのもとへグラチウスが訪れ、助力を申し出る。しかしグインは気を許さなかった。そこへイェライシャが現われ、グインに逃亡を勧める。イシュトヴァーンの追及に危機を感じていたグインは助言にしたがって逃亡するが、死霊の襲撃を受け、ついに力つきようとしていた。その彼を救ったのは、黒太子スカールであった。

〈外伝紹介〉
キタイでのグインの冒険の後日談と、ナリスとイシュトヴァーンの若き日を描く。

外伝第一六巻『蜃気楼の少女』

キタイから中原を目指すグイン一行がノスフェラスに入ってまもなく、彼らを怨霊渦巻く蜃気楼の嵐が襲った。蜃気楼の娘サラーに導かれたグインは、数千年前に滅亡したカナンの幻を見る。そこは人々が喜びと哀しみに満ちた変わらぬ日常を暮らす街だった。しかしある日、街を巨大な星船から降りたった銀色の巨人が襲った。そして星船の墜落、爆発。カナンは一夜にして滅び、一瞬にして命を奪われたすべての人々の哀しみがグインを襲う。カナンの幽霊、それこそが蜃気楼の嵐の正体だったのだ。セム、ラゴンと再会を果たしたグインの胸には、カナンの哀しみが深く刻まれていた。

外伝第一七巻『宝島（上）』『宝島（下）』

伝説の海賊クルドの財宝を求め、二十歳のイシュトヴァーンはニギディア号を率いていた。しかし、財宝の手がかりを知る老人は謎の言葉を残して死に、そして彼らに海賊が襲いかかる。逃げ切れず座礁したニギディア号に海賊ジックは無情にも火をかけた。ジックの船から脱出したイシュトヴァーンは、海賊の首領ラドゥ・グレイの助力を得て、ジックに反撃するが、親友ランは彼をかばって殺されてしまう。失意のイシュトヴァーンに残されたのは財宝へのわずかな手がかりのみ。彼はラドゥとともにナント島へ向かう。島の財宝を守るヴーズーの魔道をくぐり抜け、ついに財宝を手にしたその時、島は崩れ、裏切り者が牙を剝いた。混乱の中、イシュトヴァーンはひとり島を抜け出し、海に別れを告げたのだった。

外伝第一八巻『消えた女官　マルガ離宮殺人事件』

美しいマルガの冬、十五歳のアルド・ナリスは弟ディーンと二人、離宮で寂しい日々を過ごしていた。ある日、ナリスは年若い女官から驚くべき話を耳にする。彼女の姉を含む離宮の女官が三人、相次いで行方不明になったというのだ。噂

では、リリア湖に住む蛇神が現われ、彼女たちを湖にさらっていったというのだが……。興味を覚えたナリスは、リギアの力を借りてひそかに調査を開始した。すると今度は、ナリスに事件を打ち明けた女官が無残な姿となって発見された。事件の真相を求め、リリア湖に浮かぶ小島を目指したナリスを待っていたものとは。少年王子ナリスの活躍を描く一篇。

外伝第一九巻『初恋』

貴方は本当の恋を知らない――愛人フェリシアの言葉に、十九歳のナリスのプライドは傷ついた。意地になったナリスは、彼女とつまらぬ賭けをした。地方貴族懇談会で一人の女性を恋に落としてみせるというのだ。懇談会で出会った純朴な姫クリスティアを誘い、彼女の処女を奪ったナリス。やがて彼のもとに届いたのは、彼との逢瀬を夢と呼んだクリスティアの自害の知らせだった。動揺した彼をクリスティアの従者の凶刃が襲う。ナリスをかばって斃れたのもまた彼を崇拝する小姓だった。みな私を勝手に崇拝して勝手に死んでゆく――ナリスの心を深い孤独が覆いつくしたのだった。

〔文＝八巻大樹〕

あとがき

栗本薫です。今回はまた、ついに百巻に到達した「グイン・サーガ」の「ハンドブック3」でお目にかかれることになりました。本篇のあとがきでも百巻だあ百巻だあとさんざん騒いでいますから、いまさらこちらでまで騒ぐことはいたしませんが、でもやっぱりなかなかちょっとしたイベントだなあと思います。このところちょっと静かめになっていた身辺もにわかにNHKが取材にくるとやら、インタビューがあるとやら、あちこちに出してもらいまして、そうか、百巻というのは意外とおおごとだったのかな、などと思ったりもいたしました。それにまあ、何にせよ、景気のいいのが好きな人なので、「史上最長」というのがいいですねえ。「世界一」というのもいい。

子どものころというのは、みんな無邪気だから「世界一」ということばをけっこう連発すると思うんですね。「日本一」とか「宇宙一」とか（ここで「座頭市」とか、と続けたりすると《いまおかさん》になっちゃうけど（大爆）って、いうてるやんけ（爆）。でも、大人になるに従って「自分のポジション」というか「自分の分け前」を理解してゆくというか、そうそう簡単に世界一も、日本一や東京一でさえそうころがっていないんだ、っていうことを知って、そして子どもは大人になってゆくんだ、っていうようなものがあるわけです（またいきなり思い出した。東京一っていうとなんか「あずまきょういち」さんみたいだけど、ほんとに「北京一」さんていましたよね。私「ソー・バッド・レビュー」が好きだったので、アルバムとか持っていたんだなあ（笑）お若い諸君は何のことだかわかるまい、はっはっは）。

でもね、それが、大人になってから、何であれ、「世界一」だの「日本一」だのってものを持つことのできた人間は本当幸せだと思うのですね。それはどう評価されるかとか云う問題じゃあなくて、もう、完全に「当人の満足」で、これはくつがえすことが出来ない。まあ堤義明さんはいったん「世界一の大富豪」に認められてから、今年二〇〇五年は失墜して百七十五位まで落ちてしまわれましたけれども、落ちたにしても、一瞬であれ「世界一の大富豪」といわれたんだったら、それで「男児の本懐」ってものですよね。ミス・ユニバースだって「世界一の美女」と認めたお墨付きをいただくわけで、これはもう、こんな気分のいいものってないと思う。で、そういうなかなかもともとのものがモノをいうものでは無理かな、という人は「世界一爪をのばした人」だの「世界一髪の毛の長い人」だのになったりされる。でもあれ、「世界一重い人」とかになるのって大変だと思うんですね。たいていの場合、そこまで胃腸がもたなくて、逆に痩せてっちゃうと思いますよ。確かいま現在だと世界で一番体重のある人は四百kgだか三百kg台のうんと上だったかしたと思う、前にクレーンで、屋根こわして吊り上げられて入院したデブの人がいましたけど、そこまで太るためには、やっぱり、精神の病と同時に超人的に強力な胃腸が必要なんじゃないかと思う（笑）

で　ま、そういう「世界一」であっても、それでもやっぱ世界一は世界一なんだと思います。でもって、まあ、「世界一長い小説」っていうだけでも、やっぱりそれは世界一なわけでね（笑）「そんなことというんだったら同じことやってみろ」ってもういつでも云えちゃうんだと思うと（実際はこれまでだってそうなわけだったんだけど）これはやっぱり気分がいい。気分がいいものをよくないっていったってしょうがないので、いいぞ、って云っちゃいますけど、気分、いいですよォ、最高。北島康介君が「チョー気持いい」っていった気持、わかりますよォ。イチローの気持だってわかる気がする。だって「世界一」って意味では、同じでしょう。世界記録を作ったってことでは。イチローについても、けっこう何年の記録がどうのだからどうだとか、去年あったし、北島君の記録についてもなんじゃかんじゃ、泳法がどうのとかって、いった人いましたね。で、まだ私の本も、あるビール会社の作っている記録の本（笑）に認めてもらってないらしいですけど（この本の百問答ではじめて知った（爆）でもそんなことどうでもいいです。気分のいいものは気分がいいので、どれだけ誰がやっかもうと、どれだけけちをつけられようと、目の前に百冊の私の書いた本がある。これをどうしろっていうの？え？　っていうものじゃあありませんか。ほんっと、「じゃ、書いてみれば？」ですよ（笑）私は黒魔術使ったわけじゃない、二十六年かけて一冊一冊、一文字一文字埋めてここまできたわけですから。この事実だけは、もう私から切っても切り離すことができない、私の人生は、「決まったな！」っていう一瞬をもった。あとはまあ、余生にはなりえないですけれど、いつもどこかに「イヨッ世界一！」っていう気持がある人生なんだと思うと、こーれーは気持がいい。やっぱしそりゃ「チョー気持いい」っていいたくなりますよね。って、まあ、いまだけだ

から云わせておいてね（笑）（笑）

ってことで、ハンドブック作っていただきまして、なかなか阿呆な百問答もけっこう楽しんでしまったし、いろいろなかたにお世話かけてしまって有難うございましたし、今回の「おまけ」として「アレナ通り十番地の精霊」っていう妙な短篇を書き下ろすのもなかなか楽しみました。百巻記念なものとしてはかなり皮肉な話になったかな、って思いますけれど、皮肉というより、意外、かな。でも前のハンドブックでは「クリスタル・パレス殺人事件」をやらせてもらって、それが「名探偵アルド・ナリスの事件簿」シリーズのきっかけになったりしてるので、こういう本篇とまったく関係ない短篇というのは、いつもとても楽しんで書いています。なんか、一服の清涼剤、って感じですね（笑）

まあ、いろいろお世話になって有難うございました、っていうのは本篇百巻のあとがきで書いてしまったし、まだまだこれからもグイン、続きますので、私としては、「ちょっとした折り返し点」という気分ではあるんですが、これからあとまた二十六年生きてあと百巻書けるかどうかはわからないわけですから、あとは一冊一冊大事に愛し、楽しみ、味わいながら書いてゆくわびさびの境地を味わえるところまで味わって、でもって「俺の人生は幸せな一生であった」とかって言い残して死ねたらいいなと思いますね。うちの親父が八十四歳で亡くなるとき、やっぱし勲三等とか貰ったし、サラリーマンとしては「位人臣を極めた感」てのがあったんでしょうね。「何も思い残すことはない。幸せな一生だった」って云って亡くなりましたけど、そういって終われる一生にまさるものってのは、何ひとつないかもしれないなあ、なんて昨今思ったりします。長さの問題じゃあないですね。っていうと宗像コーチを思い出したりしますけれど。でも本当そう思います。

ハンドブックのあとがきって、必ずしも百巻まで読んだかただけが手におとりになるとは限らないと思うんで、あまりネタバレも云えないし、本篇外伝の内容については何も云えないんですが、私は実はハンドブックとか、こういうマニュアル本というか、派生本てのがすごく好きで、前に本篇読んでないシリーズのハンドブック熱心に読んでたりしたことがあります、何だったかは忘れましたけどねえ。それだけでなんかそのシリーズを知ったつもりになったものでした。マンガだったと思いますが。でもまあ、それだけじゃあれなんで、いろいろと知恵をこらしてこのハンドブックを作って下さった早川書房の阿部さん、薫の会のtnkさん、おことばをおよせ下さった皆様、いろいろお世話になった皆様本当に有難うございます。栗本は幸せ者です——って百巻のあとがきでもいってる気がするなあ。まあこの当分はそういってられて、それからまた徐々に不幸になって「まだ全然足りない、あと二百冊書いてやらあ」ってことになってしまうのかもしれませんが——本篇は本篇ですごいことになってきているし、まあ、まだ、ほんとに「ちょっとひと息」ってとこですね。でもなんだか、「あちこち見はらせる展望台に出た」みたいな気がするので、皆様もちょっと足をとめてハンドブックを楽しんでいただき、そしてまた、御一緒にゆけるかぎり御一緒にどこまでもゆけたらな、なんて思ったりいたします。「百の大典」なんていうイベントもやっていただいて、最初は「百巻出たら武道館でイベントやるぞ!」とかっていきごんだりもしてたけど、でも九段会館でも全然私的にはＯＫ

ですねえ（笑）同じ場所にあるし（大爆）今年前半は百巻百巻とお騒がしいかもしれませんが、後半からはまあまた落ち着いたペースに戻って、今度こそちょっとのんびりしたり遊んだりさぼったりもできる人生になりたいな、と希望しております。そう、ずっといってない海外旅行なんてものだって、行きたいですよねえー。百巻のご褒美に連れてって……くれないだろうな、早川さん（大爆）いや、連れてってくれても困っちゃうだろうけど（笑）取材旅行、ありえないですもんねえ、グインの場合には（笑）

本当にもし一切の制約とっぱらって「いまいちばん行きたいところに連れてってあげて、会いたい人に会わせてあげるけどどうする？」って云われたら、たぶん私は「いまいちばん行きたいところは大正時代の東京！　一番会いたい人は、ナリスさま！」て答えるかもしれません。そう、なんか、ナリスさまに会いたい、ですよねえ。なんかすべてが夢のようで。ナリスさま、百巻になりましたよう、なんて呼びかけてみたい気がしたりして、これじゃ私がヴァレリウスだな（笑）ちょっとセンチになってしまいましたが、でもやっぱり世界一ってのは気分のいいもんです。こののち私の生きてるうちに百巻を突破する「小説」が出ないことを性格悪くも祈ってしまったりしますけどねえ（笑）でも乱歩賞最年少記録も破られたからねえ。「記録は破られるためにある」ものなのかもしれないけれど。

でも、ね。

どうもありがとうございました。

二〇〇五年三月十八日（木）

HM=Hayakawa Mystery
SF=Science Fiction
JA=Japanese Author
NV=Novel
NF=Nonfiction
FT=Fantasy

グイン・サーガ・ハンドブック3

〈JA790〉

二〇〇五年四月 十五日 発行
二〇〇五年五月三十一日 二刷
（定価はカバーに表示してあります）

監修 栗《くり》本《もと》薫《かおる》
編者 早川書房編集部
発行者 早川浩
発行所 株式会社 早川書房
郵便番号 一〇一-〇〇四六
東京都千代田区神田多町二ノ二
電話 〇三-三二五二-三一一一（大代表）
振替 〇〇一六〇-三-四七七九九
http://www.hayakawa-online.co.jp

乱丁・落丁本は小社制作部宛お送り下さい。
送料小社負担にてお取りかえいたします。

印刷・株式会社亨有堂印刷所　製本・株式会社川島製本所
Printed and bound in Japan

ISBN4-15-030790-3 C0195